まごころ

十一谷朋代

長野順子 絵

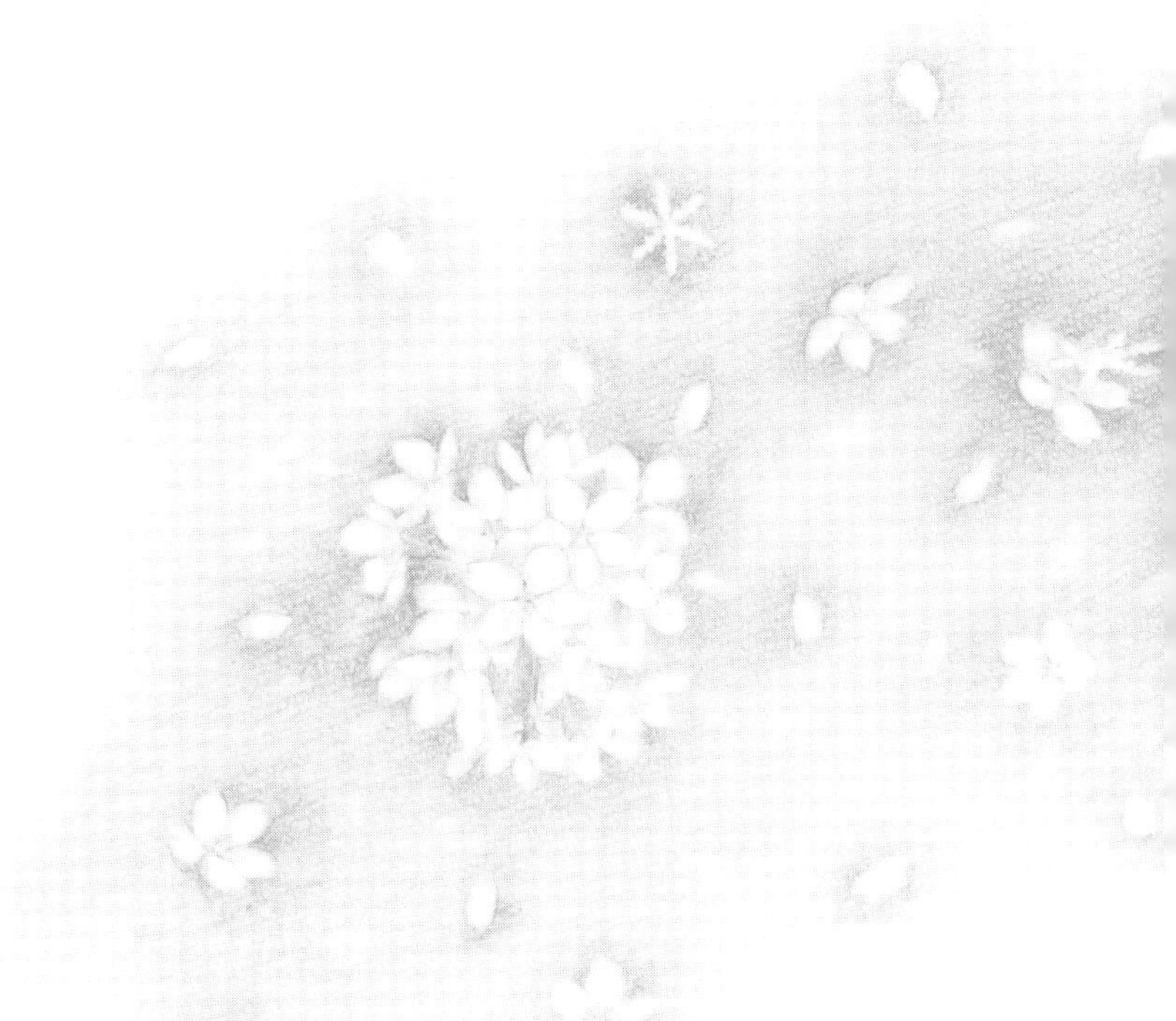

未知谷
Publisher Michitani

目次

冬に　5
春の幻影《まぼろし》　47
夏の祈り　77
秋の友情　113
再びの冬　141
そして、まごころ　147

まごころ

冬に

この小さな山際《やまぎわ》の街に、家族で引っ越して来た翌朝、霙《みぞれ》が降った。

今日から自分の家だというのに、まだ全く実感がない、室内にもほとんどの家具や荷物が届いていなかったので、初めての部屋はがらんどうでうすら寒かった。そぼふる小雨が霙に変わり、室内の温度をますます下げた。東京から遙《はる》か南の地だというのに、暮らし始めようという初めから冬の生活の厳《きび》しさを予感させた。

家の前の、まだ舗装《ほそう》もされていない山裾《やますそ》の砂利道《じゃりみち》には、降り頻《しき》る霙に混じる雪が少しずつ積もり始め、冷たい氷が道の両端を埋《う》め始めていた。

昨日の夜タクシーでここに降り立ち、ひと晩の眠りから醒《さ》めて、着いたばかりの初めての場所。静かだけれど、朝だというのに薄暗《うすぐら》く、容赦《ようしゃ》なく降り続ける氷雨《ひさめ》と雪――。

舫《もやい》が両親から与えられた一階のこの部屋はこじんまりとした八畳ほどの洋間で、玄関を入って小さなホールのすぐ右横、廊下《ろうか》の入り口にある。その部屋を入った左の窓の下には群青《ぐんじょう》色《いろ》の艶《つや》やかなタイル張りの暖炉《だんろ》があり――といっても、それは形だけ。火を焼《く》べる部分はただの空洞《くうどう》で、その上は見せかけの外に通じていない石造《いしづく》りの煙突《えんとつ》、そして上に熱気のあがらない、電気ストーブが置けるようになっていた。

使っていない暖炉のせいで余計に寒々《さむざむ》として見えるこの部屋は、本来ソファとテーブルを揃《そろ》えて応接間となるはずなのだが、なぜか暖炉とは反対側の外の道に沿《そ》った窓辺《まどべ》には舫《もやい》の小さなオルガンと学習机が置かれることが彼女の父親によって決められていた。

暖炉の上側の青いタイル部分と窓辺《まどべ》がつながっているニセの煙突の辺《あた》りにはまだ何も置かれていないが、父の汀《みぎわ》は音楽好きなので、レコードオーディオセットを置くだろう。

そうしてそのうち並べて小さなテレビも設置《せっち》するに違《ちが》いない。汀は音楽やにぎやかなテレビ番組などが好きな、陽気な父親であった。

「うわぁ、冷たい……」

寒さで身が縮《ちぢ》こまりながら、そうっと道に沿ったアルミサッシの窓の一枚を引いて開けた。

ヒューと細く鋭く、さらに凍《こご》える外気が部屋に入ってくる中、黒い唐草文様《からくさもんよう》の窓の鉄枠《てつわく》越しに外を見る。

すぐ前は、そびえ立つ山、迫る山。いつしか霙はフワッとした粉の雪に変わりかけている。山は乱舞《らんぶ》する白い粉に視界が阻《はば》まれ、頂上の方まではよく見えない。

「舫、窓開けたらだめだめ」

母親日奈子《ひなこ》の声に振り向くと、父の汀《みぎわ》も一緒に立っていた。

「まだ暖房がちゃんとしてないから、外の空気入れたらダメよ。今日は一日雪で底冷《そこび》えするだろうから」

そう言って、舫の開けた窓を閉めようとする日奈子の手を押さえて、汀《みぎわ》は開けた窓から顔を突き出し、空を見上げて
「ありゃあ、まあこりゃあ大雪になるかもしれんなあ。お母さん、今日の買いもんはどうする？　行くんなら、早い方がええで」

「そうねぇ。お台所はもうガスも水道も使えるからお料理できるけど……やっぱりもう少し何か買ってこないと。お米なんかはあるからいいんだけど」

日奈子は昨晩以前に数日滞在《たいざい》していた駅の近くのホテルから、すぐ使う物は買い物してこ

の家に運び入れ、準備していたのだ。その間に引越し荷物の先発隊が既《すで》に到着していて、残りの荷物は今日以降に届けられる予定だ。

関東からこの土地まで千キロちょっとを、夜行列車《やこうれっしゃ》で、汀《みぎわ》、日奈子《ひなこ》、舫《もやい》とその兄の舷《げん》、一家四人でひと晩かけ、はるばるやってきた。

大物の家財《かざい》道具はコンテナでひと月近くかかる。人間だけ先に着いてまずはホテルを仮の住まいとして、そこから新生活のための様々な手続きや、街の下見などに通っていた。

そうしてついに昨日の夜、この家にやって来たのだ。

これからここでの新しい暮らしが始まる。

汀は勤めている会社の支店《してん》を任されることとなり、東京時代よりもさらに忙しくなる。せめて休日には自然に触れてのんびりしたい、ということで山の裾野《すその》の住宅街の、この社宅《しゃたく》を希望した。駅前の繁華街《はんかがい》から延びる県道沿いの道を、二キロほど山に向かって走り、そのまま続くやや緩《ゆる》やかな広めの坂道を五百メートルほど登るとこの家の前の砂利道に出る。

砂利道の手前には、山に向かうスロープを利用した三段のひな壇《だん》状の広い公園があり、後ろには山の入り口への雑木林《ぞうきばやし》が続いている。全ての道が登り坂で、特に新居に続く最後の砂利道は勾配《こうばい》がきつく、雪の日でなくても毎日の行き来に難儀《なんぎ》しそうであった。

「ここは前と違って山道登らないかんから、帰りがきついなぁ」

窓を開けたまま汀は外の道を見て言う。

「行きはいいのよね。下り坂だから。帰りよ、問題は。荷物あると重いし、今日みたいになること、考えてなかったわねぇ」

「明日の朝、凍《こお》ったら滑《すべ》るから気ィつけなあかんで。日陰《ひかげ》はいつまでも溶《と》けんからな」

父も母も雪道になった時の坂道の心配ばかりしている。けれど舫はちょっとわくわくしていた。東京では見たことがなかった、間近に迫る山の景色。木々の一本一本がはっきり、くっきりとわかり、それらが集まって活《い》き活きと自分に迫ってくる。その自然の迫力は、初めて目にした舫にとって驚《おどろ》きと共に、少し恐ろしくもあった。急にぐいっと大きく迫るものに圧倒される恐ろしさ。静かにそこにある遠い山なみの風景ならば、ぼんやりと、あるいはリラックスして見つめていられる。

対岸の火事――という感じで。

しかし、家の門前《もんぜん》すぐに大きくそびえ立つ山は、決して動いたりせず、別に怖くもないはずなのに、夜は黒々《くろぐろ》と、昼は木々が葉の隅々《すみずみ》まではっきり大きく見えて、何とも言えない気分になった。舫はそれをちょっとしたスリルのように受けとめていた。

「シュルシュルシュル、ヴィーン」

不意《ふい》に、粉雪けむる道の下の方から、かすかなエンジンのモーター音が聞こえてきた。音はどんどん大きくなり、坂の下から雪けぶる中、二つの小さな丸目のライトが見え、ゆっくりと登って来る。そうしてこの道の丁度頂上にあたる舫の家の横に息も絶《た》えだえ、という風に横付けした一台の軽《けい》トラック。

まだ本格的ではないが、霙《みぞれ》はとっくに粉雪と化して激しく舞っている。そんな中、その白い車体の運転席の扉《とびら》を開けて中から若い男性が一人降りてきた。

まだ二十代前半、といったところか。

たまたま窓を開けて外を窺《うかが》っていた汀と目が合う。

「ちわー。どうも。魚屋です」

男は明るい感じの良い声で普通に言って、コクリと小さく頭を下げた。

「おう、おう、雪ん中えらい大変なこっちゃな。ほんならちょっと……」

と言うやいなや、汀は窓を閉め、部屋を出ると玄関から下駄《げた》をつっかけて外に出る。

舫は移動販売《いどうはんばい》をして回る魚屋というものもまた、この時初めて見た。白くて小さい軽トラックの荷台の部分は側面から見ると店舗《てんぽ》のようになっており、ブラインドの代わりのビニールの幌《ほろ》をはずすと前に引き出し、屋根を作り、その中に入っていた、いくつもの発泡《はっぽう》スチロールの箱《はこ》や木箱に、氷に包まれた魚やタコ、エビ、イカなどをきれいに並べて、あっという間に立派な魚屋ができ上がる。荷台の奥の上側は小さな棚《たな》になっていて、魚を包む木を薄《うす》く削《けず》って作る包装用の経木《きょうぎ》や緑色の薄紙の束《たば》、さらに奥側の上、運転席の後ろあたりに小銭《こぜに》がいくらか入っているのだろう、ザルがゴム紐《ひも》にくくられ引っかけられていた。お勘定《かんじょう》の時の、おつり用であった。

汀は興味深げに小雪ちらつく中、傘《かさ》もささずに軽トラックの側面にたくさん出てきた魚貝類をひととおり眺《なが》めて、

「ほう、これは綺麗《きれい》な魚ばかりやなぁ。お兄さん、もうこの商売長いんか？」

「三年目です。親父とやってまして。下側の海街の方で魚屋やってます」

「ここまでふだんから回っとるん？　わしらは今日引っ越して来たばかりなんで、何もかも初めてでなんやけどな」

日奈子と舫も、汀のあとを追って、それぞれマフラーとボアのコートをひっかけて、ビニール傘を差し、外に出て来た。

「はい、土曜日、火曜日、あと不定期ですが木曜日もだいたい朝の九時頃までに回って来

ます。どうぞごひいきに。よろしくお願いします」

地元の人ではない魚屋さんなのだろうか。標準語《ひょうじゅんご》で礼儀正しい感じを受ける。

汀の方が、東京近郊《きんこう》から来たというのに、大阪弁――しかも郷里の岡山訛《なま》りのちょっと不思議な関西ことばだ。だが人懐《ひとなつ》っこい性格もあってか彼の喋《しゃべ》る口調は親しみやすく、すぐに他人《ひと》と打ち解ける。日奈子のさしかけた傘を受け取りながら、

「いやいや、こちらこそよろしゅうな。今日なんぞこの天候《てんこう》やから、買い物どないしようゆうてたんよ。そこへ丁度あんたまあ、タイミングよう来てくれはって」

そう言いながら、一つの箱に入っている赤い魚を指さして、

「これはキンキ?」

「はい、今朝方《けさがた》捕れた……煮《に》つけにすると美味しいですよ」

「そう、ほんなら三枚もらうわ」

横の箱には、イカが氷にまみれてぎっしりと並んでいる。外気《がいき》のひきしまる寒さの中でまだ生きているイカたちは、何だか心地良さそうに見えてしまう。

舫はイカをじっと見つめる。その白い体に赤茶色の斑点《はんてん》がブツブツと大小無数に見える。よく見るとその点の一つ一つは、ぶよっと大きくなったり、キュッと小さくなったり、点

滅しているかのように活発に動いていた。

指で、チョンっとつついてみると、点は驚いたようにキュッキュッと大小を繰り返し反応する。面白いので何度もつついていたら、

「こら舫、さわったらダメよ」

日奈子に叱《しか》られた。けれどお兄さんは、

「ああ、いいんですよ。面白いでしょう？　この斑点がこうして動くのは、生きている証拠ですからね、お嬢ちゃんよく見て。こういうのをお刺身《さしみ》にすると美味しいんだよ」

そう言ってお兄さんは包丁と大きなまな板、真水《まみず》の入ったバケツを取り出し、幌《ほろ》の屋根の下でしゃがみこみ、汀の選んだキンキをまな板に並べて、包丁を少し斜《なな》めに持ちかまえ、尻尾の方から鱗《うろこ》をシャッシャッと勢いよく落としていった。時折《ときおり》ピッピと舫たちの足元にも鱗が飛び散って、冷たい粉雪と混じりあう。

「そんなら、その美味しいイカも一杯な。刺身におろしてな」

「はいはい、ありがとうございます」

キンキの煮つけに、イカの刺身――あっという間に夕餉《ゆうげ》の食材が揃《そろ》ってしまった。

魚屋さんは素早く鱗を落としたあと慣れた手つきでキンキの頭を押さえ、腹に包丁を入れ、

エラと内臓《ないぞう》をきれいに取り除《のぞ》いて、バケツの水をひしゃくですくって、魚をまんべんなく洗った。そうして木の皮に並べて乗っけて手早く緑の薄紙にくるんで、

「ホイッ、じゃあこれ持ってね」

と舫に手渡し、すぐにイカを掴《つか》んで再びまな板に並べて胴体《どうたい》をまん中から裂《さ》き、足を剥《は》がし耳を持って薄皮を取り除いた。赤い斑点の薄皮を剥がすと、イカはあまり水分も出ず、透《す》きとおって何だか不思議だ。さっきまで生きていたのに、ちょっと可哀相《かわいそう》な気もする舫だったが、汀は横から、

「ああ美味そうや。綺麗なイカやなぁ」

と嬉《うれ》しそうに言った。

この道の先――舫の家を通り過ぎたその先はどうなっているのかというと、実はここを頂点としてこの道のつきあたりは左右に分かれており、左はいよいよ本格的な登山道に続く登り、右に曲がればそのまま緩《ゆる》やかな下り坂となり、あとは再び下側の街の方に続いている。そしてその下り道の最初の角をもう一度右に曲がると、三段ひな壇《だん》公園につながっているのだった。

つまり、道は環《わ》になっており、どちら側から登っても舫の家の前に出て来るのである。

舫と汀は、魚屋さんと一緒にしゃがみ込んでいた体を起こしてふとその道の先を見ると、鮮《あざ》やかなエメラルドグリーンの傘《かさ》を差した女性がこちらに向かって歩いて来る。雪空《ゆきぞら》となった天を見上げながら歩いていたその人は、視線《しせん》をこちらに移し、明るい表情で、

「どうも」

舫たちも三人同時におじぎをして、汀が、

「どうも、一ノ瀬《いちのせ》と申します。今日越して参りまして」

女の人はニコニコして、

「まあまあそれはようこそいらっしゃいました。守屋《もりや》でございます。そのつきあたりを曲がりまして二軒《けん》目です」

日奈子も、

「まだよく分からないことだらけですので、どうぞよろしくお教えくださいませ」

守屋さんは日奈子と同年代のように見える。しっかりとした感じの、けれど優しい雰囲気《ふんいき》の人だ。

「今朝から、あいにくの天候ですねぇ。ここら辺りは南国九州といってもこの時期けっこう厳しい寒さになるんですよ。一ノ瀬さんはどちらからいらっしゃったんですか?」

「はい、東京の隣《とな》り街、神奈川県《かながわけん》の川崎《かわさき》市からです」

「あらまあ、それは本当に遠くから……。道中《どうちゅう》お疲《つか》れになりましたでしょ。お嬢《じょう》ちゃん、大丈夫？　おいくつかな？」

「九歳です」

舫はすぐにキリッと答えた。

守屋夫人はニッコリ頷《うなず》いて、

「じゃあこれから四年生ね。家《うち》にも少しだけお姉ちゃんの五年生に春からなる娘《むすめ》がいるのでよろしくね」

そうして魚屋さんに慣れた調子で、

「ホゴ二枚。アラもくださいね。お刺身にできたらお願いします。それとイカも三杯……」

魚屋さんはといえば、ほんの一瞬の間に軽トラックの音を聞きつけた坂道沿いの小さなアパートや向かい側の家々から数人のお客さんがぞろぞろと集まって大忙しとなっていた。

彼は、ヘイッと守屋夫人に返事をしつつ、

「ありがとうございました。またごひいきに」

と、汀にも丁寧《ていねい》に言い、汀も、

「こちらこそありがとな。またお願いな」

明るくそう言いながら代金を渡した。そうして混んできた人々の後ろに下がり、

「まあ、またいろいろ教えてください。のちほど、あらためてご挨拶《あいさつ》にお伺《うかが》いします」

と守屋夫人に言った。守屋夫人も、

「あらまぁ、そんなご丁寧に。こちらこそ、どうぞよろしくお願いいたします」

深々と頭を下げる。

静かでほの暗かった雪の道は、魚屋さんの出現《しゅつげん》で一気ににぎわい、たくさんの住人が夕餉《ゆうげ》のおかずを求めて軽トラックに群がっていた。

雪の日、ということでおそらくいつもより多めの住人が集まっているのだろう。

そんな光景を見て、舫は知らない場所に、こんな風な人たちがいるのですよ、と種明かしされたような気持ちがしていた。

これからここでの暮らしが始まる初めての日に、新しい何かが始まりそうな、そんな予感がふつふつと湧いてくるのだった。

「ちょっと舷《げん》を起こしてくるわ」

日奈子がふと思い出したように言い、魚屋さんに軽く会釈《えしゃく》して家の中に入って行った。

舷《げん》は舫《もやい》の一つ歳上の十歳になったばかりの兄である。まだ眠っているのか、家の中はシーンと静かで起きて来る気配がない。

引っ越し前の荷作りから、長い旅のような日々、滞在先のホテルでの生活や、今日初めて目覚めた新しい家。

普通子供なら、殊更《ことさら》男の子は、舫のように興奮気味になって、新しい環境に反応しそうなものであるが、舷はそうならない。

それは、舷の左足が生まれつき少し悪くて、麻痺《まひ》があり、皆と同じように動くことができなかったからかもしれないが、そういう病気にかかってしまった長男を、両親をはじめとして、周囲の人たちが最優先に神経を張りめぐらせ、気を遣《つか》ってきたことで、ちょっぴり彼を神経質《ナーバス》で臆病《おくびょう》な性格にしてしまったせいかもしれない。

舫の記憶では、舷を初めて見た時から、彼はいつも静かに休んでいた。そのぐったりと横になっている兄の傍《かたわ》らで懸命《けんめい》に世話をする母日奈子の姿。初めのうちは寝たきりで、枕元に様々な薬や食べ物、飲み物が用意されており、着がえや入浴も日奈子と汀が協力、連繋《れんけい》して行《おこな》っていたのを覚えている。

そのうちに手術をした方が良い、という話になり、一時期彼は家族と離《はな》れ、専門の病院に入院したりしていた。その後も足の訓練ということでリハビリテーションをくり返し……

かなり足は快復し、本当はほとんど普通に戻っているのではないかと思うこともあるのだが、みんな、長かった人生の出発点からの彼の困難《こんなん》を思い、また、新種の油断ならない病気とわかっているので、簡単には、(もう治ったね、良かった良かった)という雰囲気にもならず、今に至《いた》っている。そんな経緯《けいい》で、舷のどことなくとっつきの悪い、一見おとなしそうだけれど気難《きむずか》しい、しにくい性格ができ上がってしまったのかもしれなかった。

「あなたは幸運なのよ。予防注射できて」

一方で舫は日奈子によくそう言われた。

舷の病気はウイルスが原因で、たまたま彼の生まれた年に大流行したらしい。わずか一年差で後から生まれた舫はワクチンを接種《せっしゅ》でき、当然身体は健《すこ》やかで、怪我《けが》にも病気にも縁《えん》なく過ごせてきた。

けれどあまりにも兄の病が大変で、両親は本当に心配し、そのことに時間も気持ちも取られてしまう、そんな親たちをそれで当然という風に見つめていたので、日頃から兄と普通に遊べる、遊びたいなどと考えることもなかった。

むしろ舫は、本当に大変な思いをしている親たちに圧倒され、(これは大変！　私も何か手伝わなくちゃ）と自分が忙しい両親の邪魔《じゃま》をしないようにと考える子供であった。

「さあ、ほんならわしらも入ろう」

汀の言葉に、舫も家の中に入った。

まだ家の中はポツンポツンとところどころにしか家財道具がないのだが、玄関ホールを入ってつきあたりの台所兼《けん》食堂にはコンロに火も入り、お湯も沸《わ》いていて、その蒸気《じょうき》や、夜行列車が途中停車した岡山駅で舫の祖母が差し入れてくれた袋《ふくろ》一杯の豆餅《まめもち》を早速焼く匂《にお》いがしていて、早くもこの家での生活が動き始めていた。台所には備《そな》え付けのダイニングテーブルと四脚《きゃく》の椅子《いす》があり、ここで食事はとれるのだが、隣《となり》につながる六畳の和室にはすでに炬燵《こたつ》が置かれていて、今日などは体の暖《あたた》まる和室で過ごした方が断然良かった。

買った魚を冷蔵庫にしまって、日本茶をいれた急須《きゅうす》と買ったばかりの焼き網《あみ》で焼いたおばあさんの豆餅を数個皿に載《の》せ和室に運び、汀がさっと炬燵にすべり込む。

「おおさむ……」

舫も台所にあったこれまた買いたての砂糖ときな粉の袋を持って汀のあとに続いた。

炬燵の上に既《すで》に置かれていた四つの湯呑《ゆの》み茶碗《ぢゃわん》のお茶を注《つ》ぎわけながら、

「舫、お兄ちゃんとお母さん呼んどいで」

舷を起こしに、と言って先に入った日奈子は二階にいる。きっと、なかなか起きない舷に手こずっているのだろう。

それは仕方のないことなのだ。日によって舷の症状には波があり、朝方は悪い時が多い。一日の内で朝起きぬけは誰《だれ》しもそうなように、体が硬直《こうちょく》しているので時にひどく痛みが出ることがあり、油断できないのである。ましてや今朝は気温が低いので、調子が悪くなることは容易に想像できた。

汀に呼びに行くように言われて、舫は気が重い。

舷は気分が悪いと毒《どく》のある態度や言葉で周《まわ》りに当たり散らすことがあり、その矛先《ほこさき》が自分にも向かって来ることがわかっているからだ。

ふだんはあまり喋《しゃべ》らない無口な兄なのに、突然、「お前はあっちに行ってくれ！」とか、「また、外に遊びに行くんだろ？……」などと、いきなりぶつけられることがあって、その度に舫はビクビクした。何だかまるで普通にしているつもりの自分の言動全てに舷が腹を立てているかのように聞こえてしまう。だから二階の二人を呼びに行く、というだけで、ドキドキしてしまうのだった。

（けれど母さんがいるんだし何とかなるわ。まったくお父さんときたら、いつもみんな仲

良く楽しく過ごすことができると思って、何もわかっちゃいないのよね）

台所を抜け、玄関脇の階段下からそうっと見上げる二階には、扉を開けてすぐに六畳間の和室とそれに続く七畳ほどの洋間があり、そこの作りつけのベッドに舷は寝ている。

階段は昼間でもほの暗く、玄関ホールと一体となっているので冷たい空気が張りつめている。パチンと階段脇《わき》のスイッチを入れると一番上の天井の、ガラスの球体でできているオレンジ色の明かりが点《つ》く。少しは明るくなるかと思ったが、仄《ほの》かにオレンジ色が加わったような弱々しい光で、何だか余計に気持ちが落ちこんでしまう。それでも一段ずつ登る途中八段目くらいで、

「お母さぁん、お兄ちゃん、お茶が入ったよ」

と、声をかけながら上がり、最上十四段目でひと呼吸、息を吸い直して襖《ふすま》の一枚をドアに仕立てたような扉《とびら》を引いて開けた。

扉の向こうは……眩《まぶ》しかった。二階の二部屋は外の雪が窓越しに真っ白に反射して、驚くほど明るかった。

和洋の部屋が一間続きのようになっている一番奥には舷のベッドがある。洋室の一番奥に立っていた日奈子が振り向き微笑んだ。

舷は——その眩《まぶ》しい白い光の中、意外なことにすっきりと気分のよさそうな顔をして、ベッドに坐《すわ》っていた。

「お父さんが、お茶と豆餅みんなで食べるって」

舫の言葉に日奈子は、

「ああ、はいはい。今日はお兄ちゃん、もう起きたんだって。じゃあ下へ行きましょう。舷、歩くの大丈夫？　おぶってあげようか？」

母に言われて、舷は少しだけ微笑んで、首を小さく横に振った。そうして用心深くベッドに両手をついて、ゆっくりと立ち上がろうとする。長年の療養《りょうよう》のためか、瘦《や》せてヒョロッとした体型。背丈は舫よりやや高く、十歳の小学生なのに大人びて見える。日奈子が支えるために舷の腋《わき》の下に腕《うで》を入れ、静かに引っ張った。すっと立ってその先の歩行はスムーズだ。少しだけ左足を庇《かば》う動きが出るが、ほぼ目立たず、安定して歩くことができている。

それでも母は油断せず、しっかり舷の肩を支え、腕を取って誘導《ゆうどう》する。舷もおとなしく母に体を預けて上手くバランスを取りながら、一歩一歩進んで行く。

二人は舫の横を通り、舷はちらっと舫を見た。先ほど日奈子に見せたのとは違う無表情で。ただ目だけで舫を見て、そのまま母に支えられ階段を降りていく。慌《あわ》てて舫もそのあとに続くのだが、二階をあとにする直前、和室ごしに舷のいた洋間をもう一度振り返ってみる。大迫力で迫る山の白い雪景色が窓の外に広がって、誰《だれ》もいない静かな部屋は輝いていた。階下での、寒さの中での活気溢《あふ》れる魚屋さんと父との陽気なやりとりとは別の世界。そういう場所に、舷はいつも静かにいるのだ。彼の空間に割《わ》って入ることは、とてもとても難《むずか》しい。そんな風に舫はいつも思う。

階段をゆっくりと降りてゆく日奈子と舷の背中を見ながら、舫も後に続く。そうして和室に戻りがてら、台所で用事をするため、日奈子は舷の手を離すと、舷はゆっくりだがちゃんと歩行できていて、そのまま一人でスッと炬燵《こたつ》の中に入り、汀と対面する形で坐った。

「舷よ、今日は調子良さそうやないか」

汀が嬉《うれ》しそうに言った。

「うん、朝も早くに起きられたんだ」

穏《おだ》やかに答えるが、

「良かったね、お兄ちゃん」

舫の言葉には黙《だま》っていて、突然、

「けどこういう日は後で必ず疲《つか》れ倍増《ばいぞう》」

などと言う。

「まあ、あんまり頑張《がんば》り過ぎへん方がええな。無理は禁物や」

舷がいる静寂《せいじゃく》の光の中に音もなく現れる、陰りのようなものに対して、家族みんなが恐れを抱いている。ごく普通《ふつう》の元気な兄妹《きょうだい》なら何も気にせずさっさと通り過ぎてしまう、日常のささいなやりとりに、ひとつひとつ気を遣《つか》い過ぎて時間の木目《きめ》が細かくぎくしゃくしている。が、父、汀の明るさや柔軟《じゅうなん》さでそれらが上手く緩和《かんわ》され、丸く収まっているようにも見える。

（舷は私のことをあんまり好きじゃない）

時々舫は考える。

（私のどこが嫌《いや》なのかなあ。みんなが心配するように、私だって早く元気になってほしいと思っているのに）

焼けた豆餅《まめもち》がすっかり冷めてしまっていたので、再び舫は皿ごと台所へ運んで行った。日奈子は早くもキンキを洗い直して鍋《なべ》に湯を沸《わ》かし、ショウガの千切りを始めている。舫の持ってきた皿を見て黙って受け取り、網《あみ》に載せ直した。豆餅は再び香《こう》ばしく焼け始める。

「舫ちゃん、悪いけど後ろの棚《たな》に海苔《のり》の缶《かん》入ってるから、それも持っていって」

「はぁい」

手伝うことには慣れている。舫は海苔の缶としょう油と同じ棚の引き戸にある小皿《こざら》も四枚取り出し、お盆に全て載せて茶の間に運んだ。

「しかし、よく降るなあ」

ここ一時間の間に霙《みぞれ》は小雪《こゆき》から牡丹雪《ぼたんゆき》へと変わり、もう雨音《あまおと》などは聞こえない。密閉《みっぺい》されたような静けさの中、先に積もった雪の上に牡丹雪が大きな雪片《せっぺん》となり重なって、この先、今日一日でずい分と積もりそうだった。

汀は炬燵《こたつ》から出てさらに隣《とな》りのもう一つの、床の間《とこのま》付きの和室から小さな庭を眺《なが》めている。

この和室は、玄関ホールを入ってすぐ左側にあり、これでこの家の部屋数は総《すべ》てである。

奥側の炬燵の部屋と襖《ふすま》で仕切られているが、襖を外すと十二畳ほどの広間になるのだった。

舷は炬燵に入ったまま、いつの間にかあお向けに寝ころんでじっと天井を見つめていた。

その兄の横を抜《ぬ》けて舫は隣《となり》の和室で佇《たたず》む父の横に並んで立つ。

この部屋は、舫が日奈子と寝る和室だ。

舷に何かあるといけないということで、汀は二階の和室で休み、日奈子と舫は階下《かいした》で、ということに今のところ決まっていた。

舫たちの寝具はすでに押し入れに片づいているので、和室は昼間のうちはスッキリ広々としている。玄関と同じ側、つまり外の砂利道《じゃりみち》にあたるこの部屋の壁には押し入れと床《とこ》の間《ま》がついていて、その横に小さなお仏壇《ぶつだん》などが安置《あんち》できる仕切棚《しきりだな》があり、一ノ瀬家のお仏壇が置かれていた。

外をひとしきり見つめていた汀だったが、くるりと向き直り、

「そうや、まだお仏壇にご挨拶《あいさつ》してへんわ」

と、突然言って、

「お母さん、お茶を新しくもう一回いれてくれへんか。仏《ほとけ》さんにさしあげんと」

奥で日奈子も、

「ああ、はいはい。すっかり忘れちゃって。おじいちゃん、おばあちゃん、ごめんなさい」

と言って、湯を沸《わ》かし直す。ほどなく仏具《ぶつぐ》の茶碗に緑茶がいれられ、お供《そな》えする小さく切った豆餅と一緒に運ばれてきた。それらを仏壇の上に供えて、日奈子、舫、汀と三人で立ち並び、汀が手を合わせて、

「はい、ほんならみんなで……お、そうだ、舫、お前もこっちにおいで」

それを聞いた舫は無言でゆっくり起き上がった。今頃になって少し睡《ねむ》たくなってきたのか気怠《けだる》そうにしている。汀はそんな舫をチラッと窺《うかが》い、

「ゆっくりでええよ。自分のペースでな」

と優しく言った。

日奈子が炬燵《こたつ》から抜け出ようとする舷を手伝って引っぱり出し、四人で仏壇の前に立つ。

汀が左右二本の蝋燭《ろうそく》に灯をともし、線香《せんこう》五本にその火を移し、サイコロの五の目と同じ形に線香立てに立て、脇にあるお鈴《りん》を小さな棒でたたいて鳴らした。

「チーン」

というお鈴の音が響《ひび》く中、

「はい、舷《げん》も舫《もやい》も、まんまんちゃんあん、しなさい。ちゃんとおじいちゃん、おばあちゃんに、ご挨拶してな」

と、言ったきりで汀も日奈子も手を合わせ、頭を垂《た》れ、じっとしている。舫も両手を合わせて小さな声で、

「まんまんちゃんあん」

と呟《つぶや》き、蝋燭《ろうそく》の炎を見た。

炎はヒューッと長くなり、時折《ときおり》チッチと音を立てつつも、同じ調子で燃えている。横目で舷を確認すると、彼は右横の雪景色の庭の方を心ここにあらずという感じで見つめていた。

舷越しに見える外の景色は――舷が見つめているからなのか、先ほど二階で舫が見た、舷の部屋の静寂《せいじゃく》の世界と全く同じに感じられた。

兄妹二人の様子に気づいたか気づかぬままか、ひとしきり祈りを捧《ささ》げていた汀が顔を上げ、

「さあ、これでよろし。ごはんにしようや」

と言って、炬燵《こたつ》の方に戻った。日奈子と舫で再度焼き直した餅《もち》を熱湯《ねっとう》にサッとつけ、柔《やわ》らかくしたのやら、昨日のうちに滞在していたホテルの近所で買い込んだ、大ロシアという大きな菓子《かし》パンや、チーズ、バターなども運ぶ。日奈子が牛乳も沸かしてくれたので、それも新しく買ったコーヒーカップに注いで、注意して持って行く。

再び今度は家族四人で炬燵を囲み、まずは豆餅をいただく。お湯につけて温かくなった餅にしょう油を塗《ぬ》り、海苔を挟《はさ》んだり、砂糖ときな粉をまぶしたり。お腹も空《す》いていたので、質素《しっそ》ではあるが、雪の日に暖《あたた》かい部屋でいただく朝食はことのほか美味しかった。

舷は眠そうではあるが元気である。舫と同じく牛乳をちびちびと少しずつ飲みながら、パンをちぎって食べている。このまま体調が維持《いじ》できれば普通に通学できるであろう、という程度に快復しているように見える。けれど幼少の頃には、足の手術とリハビリテーションの

繰《く》り返しで幼稚園《ようちえん》どころではなかったので、小学校からやっと休み休み通っていた。

やはりなかなか毎日元気にとはいかず、一年生の頃は半分も通えなかったのだ。

そのため友達もできず、集団にも馴染《なじ》めず、孤独《こどく》な数年を送っていた。勉強などの能力は普通であったが、どうしても遅れが出るので休んでいる間は小学校の教師をしていたことがある日奈子《ひなこ》が首っぴきで、読み書き、算数などを家で教えていた。

新たなこの地で、舩は学校にどのくらい通えるのか――。それは今後の体調の快復次第、ということだろうが、日奈子も汀もはっきりと「がんばりなさい」とは言わず、腫《は》れ物に触《さわ》るような気遣《きづか》いをして、それが却《かえ》って舩の前向きな意欲や気持ちを削《そ》ぐときもあった。

「美味いな」

汀がしみじみと一言。続けて、

「いやー、こんな天気になるとは思わんかったけど、あったかい部屋でみんなであったかいもん食べられて良かったで」

日奈子もニコニコして、

「考えてみれば、今日が荷物入れる日でなくて良かったわ。この雪の中じゃ運送屋さんも我々も大変だったわよ」

「明日の様子でまあまだわからんけど、止《や》んで溶《と》けてくれりゃあいいけどな。明後日《あさって》からわしも勤《つと》めだし。舷や舫の学校も始まるしな」

汀の言葉に舷が顔を上げた。いよいよその話が来たか、という表情を一瞬したが、すぐ目線を豆餅《まめもち》の皿に移し、何も言わず箸《はし》で餅をつついている。

舫は即座《そくざ》に、（そうか、新しい学校でがんばらなくちゃ）と思い、父の言葉にニコニコと張り切るような笑顔を浮《う》かべた。

「舫、初めて会うお友達に、よろしくお願いしますってちゃんと挨拶《あいさつ》するのよ。みんなと仲良くね」

日奈子が舫だけに対して念《ねん》を押す。やはり日奈子は舷を健常《けんじょう》な妹と一緒には見ていないのだろう。長年病弱だった舷に、「さあ明後日から頑張《がんば》って通いなさい」とは言えないのだ。

でもいつまでもそれではいけないことも解《わか》っているので、舫に話題を振って少しずつ舷を普通の子供の日常に持っていくよう矯正《きょうせい》しているようだった。

舫《もやい》は、こんな風なやりとりに慣れている。

普通ならお兄ちゃんが先に言われる親からの小言も叱咤激励《しったげきれい》も、全て妹の自分だけで受けてきたのだ。けれど素直で明るい気質のせいか、舫自身はそれを苦とも感じず、（そうか、ならば頑張らなくちゃ）と前向きにとらえ、両親や周りの大人たちの言うことを忠実に受け入れ、そして言われたとおりに努力もした。

するとこれまた本当に物事のひとつひとつの歯車は素直に回っていき、やがて舫は人から好かれ、頼りにもされ、どこに行っても、たった一人でどのような場所に飛び込んでも、すぐにみんなの一番先頭を風を切って歩くような子供になっていたのだった。

しかし、そのことを舷にはあまり知られたくなかった。周りから出来のいい妹と見られることで嫉妬《しっと》されて、ますます嫌《きら》われてしまうから。

舷の生まれた時からの苦しみを知っている舫には、汀や日奈子と同じく、兄に対して気の毒なような、申し訳ないような気持ちが常にあって、なるべく彼の気持ちが落ちこむことにはならないでほしいと願っていた。そうして、できることなら自分と仲の良い兄であってほしいとも……

「舷よ」

不意《ふい》に汀が口を開いた。

「あさってからお前も学校通ってみいへんか」

舷が驚《おどろ》いたように顔を再び上げた。日奈子も不意打ちのような汀の言葉に、

「お父さん、でもまだこんな天候《てんこう》だし、明後日《あさって》どうなるかは……」

「いや、大丈夫や」

日奈子の言葉を遮《さえぎ》って、汀は続けた。

「もう五年生やろ。いつまでも休んでばかりはいかんで。病気のことはわしはようわかる。お前の親やからな。けどやっぱり、いつかはお前が自分で決めて自分でせな、あかんのや。わしは今がその時や、思うてる。お前は、どう思う？」

まっ赤な顔になり、舷は下を向いた。唇《くちびる》を噛《か》んでじっとしている。舫も汀の、いつもとは違《ちが》う物言《ものい》いに驚いていた。舫が普段、汀から叱《しか》られて、「はいそうでした、ごめんなさい」と謝《あやま》るときなどとは比べものにならないほど、緊張《きんちょう》した。だから同時に、舷がどんなにびっくりして答えに困っているか、容易《ようい》に想像できた。

みな黙《だま》りこみ、気まずい空気が流れ、舫が息を呑《の》んで見守っていると、

「そりゃあ、行くよ」

蚊《か》の鳴《な》くような声で舷が言った。

「そうか。ほんまか。よし、行く気になったんならそれでええ。ええこっちゃ。舷、学校は大事や。学校へ通うて友達と話したりしてつきおうてもろて、勉強以外のこともいろいろ

学べるんやで。もちろん足のことは無理したらあかん。せやから最初は少しずつや。お母さんもわしも協力したるから、そこは頑張《がんば》って」

「わかってるよ！」

ぶつけるように舩が答えた。それきりまた、黙《だま》って下を向いている。日奈子が取り繕《つくろ》うかのように、

「ねえ、舩、無理がないように、お母さんも毎日ついていってあげるし、舫もいるんだから、お父さんの言うようにそろそろ学校に通ってみましょうよ」

母の言葉には小さく頷《うなず》いたが、父のいきなりの言葉にいつもの調子とは違うものを感じ取り、かなり動揺《どうよう》している。さらに汀が言う。

「わしは今まで言わへんかったけど、舩、もう病気のことはあとはお前次第《しだい》やで。そりゃこれからもどんなふうになるかわからんけど、どう転んでも、お父さんは助けるで。お前の味方や。それに援軍《えんぐん》はお父さんやお母さんだけやないで。外へ出て、人様《ひとさま》と接さなわからんことがようけあるんや。そう思わんか？」

汀の意見を聞いて、舩は半《なか》ば観念《かんねん》したかのように小さく頷く。汀の堰《せき》を切ったかのような言葉ひとつひとつに、まるで押し流されそうな表情で坐っている。先ほどまでリラックスし

て食べたり飲んだりしていたのに、身も、そして心も固く強張《こわば》らせてしまっている。舫はその様子を見て、汀がもうこれ以上、兄に対して今は言わない方がいいのになあと感じていた。

(だって、舷は学校へ行くって、そのことは解《わか》ってるって言ったのだもの。もうこれ以上は言わなくていいよ。あんまり急ぐと、壊《こわ》れちゃう)

何だか舫はハラハラした。汀の方は明らかに今まで言えなかった息子への思いで一杯になり、早く前へ、その先へ、と早足《はやあし》で駒《こま》を進めようとしている。でも表面上、「はい」と返事をしてついて来ているかのように見えても、舷の心の中がすっかり納得しているとは限らない。それなのにさらに汀は続ける。

「今日かて雪の日やけど、さっきお父さんは外でもうたくさん人に会うたよ。魚屋さんやら、ご近所の方やら。一度外へ出てみりゃあ、案外簡単で安心なんや」

日奈子も舫と同じく、汀の舷への説得がくどくなって舷がよけいにうんざりしないか、気を揉《も》んでいた。それで、少し話をそらすように、話題を変えるべく、外を見て、

「あら、少し小降《こぶ》りになったみたい」

先ほどまでの牡丹雪は止み、パラリパラリと小さな雨音がする。もしこれが小雨《こさめ》に変わったのだとしたら気温もさほど低くはなく、激《はげ》しいと思われた雪も積もらずにすみそうだった。

舫も舷も庭を見た。雪景色は相変わらずだ。一面真っ白で美しい。表《おもて》の通りの方は、魚屋さんも帰ってしまったのだろうか。しんとして元の静かな雪道に戻っているようだ。

日奈子はこの場の雰囲気《ふんいき》を変えるため、庭のよく見えるガラス戸のところまで進み、外を見て、

「お父さん、買い物どうしようかしら。もうお魚があるから今日はいいけど、明日からの簡単なパンとか、缶詰《かんづめ》とか、買っておきたいわ」

汀は少し考えて、

「この坂下の途中に商店があったな……坂を降りさえすれば、曲がってすぐやったなあ」

実は、三段公園の周囲は公園を取り囲むように立派な桜が植《う》えられていて、春はお花見の大変な人出《ひとで》でにぎわうこの辺《あた》りの一大名所《いちだいめいしょ》なのだった。花見客のための酒やジュース、パンやおにぎり、日用雑貨《にちようざっか》などを売る商店が二、三軒、公園沿《ぞ》いに営業していた。もともとは酒屋のようで、そこに酒以外の商品がいろいろ加わり、よろず屋となっており、スーパーマーケットとまではいかないが、この地域の人々にとって、とても重宝《ちょうほう》な存在だ。特に今日のような深雪《しんせつ》の日は、少し歩けば便利な商店があるというのはありがたい。坂道は大変そうでも、距離《きょり》は数百メートルと大したことはないので、ゆっくり歩いて行けば何の問題もなかった。

「今日は土曜やし、まだ昼前やから、ちょうど開いてるやろな……ほんなら、舩！　お父さんとリハビリや。一緒に歩いて買い物に行ってこ」

「えっ！……」

せっかく日奈子が話題をそらしたというのに、何と汀は雪の中、舩を外に連れ出すと言い出した。歩きの練習も兼《か》ねて、近所を偵察《ていさつ》に行くつもりらしい。舫も日奈子もこの言葉にさらに驚《おどろ》いて、舩の顔を見た。

「大丈夫やて。ちょっと行ってみいへんか？　今ならわしがついててやれるし。知らんところで案外面白いことがあるかもしれんよ。舫《もやい》も一緒に……お母さんも、みんなで冒険《ぼうけん》に行かんか？」

「僕は行かない……」

小さな声で舩が呟《つぶや》いた。さらにもう一度、

「行かないよ。行けないんだ……まだ足が痛いんだもの」

汀もひるまず、

「いやしかし、いつまでもそれではいかんぞ。舩、甘えちゃだめだ。こういう日は却《かえ》って外に慣れるチャンスだぞ。舫だって、お前と出掛けたがってるんやで」

「舫《もやい》は関係ないよ！」

舷が大声を上げた。そうして顔を上気《じょうき》させ、目をつぶったままで、叫《さけ》ぶように言った。

「舫は……舫は元気なんだから……僕とは違《ちが》うんだから……そんなにお父さんが行きたいなら、舫と二人で出掛ければいいよ！」

そんな捨《す》て台詞《ぜりふ》を残し、日奈子がわらわらと取りつく島《しま》もないうちに、いつもより素早く炬燵《こたつ》から出て二階へ上がるべく階段へ向かう。慌《あわ》てて日奈子が追いかけ、階段を登る手伝いをしようとしたが、その手を払《はら》いのけ、自分で登っていってしまった。

汀は舷からぶつけられた言葉にさほど動転もせず、怒《いか》ることもなく、やれやれといった感じで、

「あかんなぁ、あの子はあれやからあかん」

そうして舫に、

「舷はあないな態度やけど、お前のことを嫌うとるわけやないんやで」

それからちょっと小さめのため息をついて、

「なかなか通じへんもんやな」

つぶやく汀に、日奈子も、

「お父さん、あんまり急《せ》くから……けど、あの子、本当にだいぶ回復はしてるようよね。今もさっさと上がっていっちゃって」

「気持ちの方がついて行けへんのやろ。まだまだ周《まわ》りが怖いのかもしれんな」

汀は再び仏壇《ぶつだん》の前に立つ。そしてもう消えてなくなってしまった蝋燭《ろうそく》の燭台《しょくだい》や、灰《はい》だけになった線香立《せんこう》てを見つめ、しばらくじっとしていた。

今しがた家族四人で拝んだときの線香の香《かお》り。煙《けむり》が出ている時より、出終《でおわ》った今の方が香りが強く、白檀《びゃくだん》の匂《にお》いが部屋に充満《じゅうまん》している。

玄関ホール側の襖《ふすま》を引くと、冷たい風がヒューッと入り込み、逆にその香りは部屋の外の広い範囲にとき放たれ、拡散《かくさん》していった。

部屋の中は少し寒くなったが、空気は入れ替わってスッキリ気持ちがいい。日奈子は炬燵《こたつ》の上を少し片づけてから、やっぱり気になるのか、舷の様子を見に二階へ上がって行った。

「舫《もやい》、ちょっとおいで」

汀は舫を呼び、再び茶の間の炬燵に坐らせる。

「今まであんまり話せなんだけどな、舷《げん》のことやけど……舫はようわかってる思うけど、舷は、あいつは身体《からだ》が悪くて大変やったやろ。だからお前は妹でもやっぱりよう庇《かば》ってやってほしいんや。舫ができることで舷ができんこと、ようけあるやろ。その分、身体の悪いお兄さんに対してな、いたわりの気持ちを持ってやってな」

「うん、わかってるよ。ずっと病気だったから、お兄ちゃん、外へ行けなくてかわいそうだったものね」

屈託《くったく》のない笑顔で舫は答えた。汀が舷のことで苦戦して、自分の方に救援《きゅうえん》を求めてきているような気がしたから。

「でも、どうしてあげたらいいんだろうね?」

舫の正直な問いに汀はしばし考え、

「舷にはなぁ……どんな気持ちをかけてあげればええかっちゅうとな、例えばやな……さっきお仏壇《ぶつだん》に拝《おが》んだやろ? あの時、お前、何を思うた? どんなことを拝んだん? まんまんちゃんあん、言うてから、何を思うたの?」

「それは……そりゃあみんなのしあわせ。みんなが仲良く元気で暮《く》らせますようにって、拝んだよ」

「そうやな。みーんなが平和に暮らせるのが一番やもんな。けどなぁ、それだけやないで。そんだけ願って、それで終わりやったら、ちょっと足らんなあ」

「どういうこと？」

「あのお仏壇にはどなたがいてはるのか、知ってるか？」

「おじいちゃんとおばあちゃん……」

「それと？」

はて？　その他に誰かいるのかな？　と舫は考えた。すると汀は、

「あの中にはなぁ、おじいちゃん、おばあちゃんのそれぞれのお父さん、お母さん、そのまた上の方々《かたがた》。さらにその上の……と、ご先祖様《せんぞさま》いうもんは、ものすごい人数いてはりますのや。小さいお仏壇でもな、わしらの知らん昔々の方々もな。そんなようけの方々がみんなでわしらを守ってくださってるのや。せやからわしらは自分のことばっかりやのうて、そのぎょうさんの方々のあちらでのお幸せを祈って、お返しをして差し上げないかんのやで」

舫はそんなことは思いつきもせず、いつも、おこずかいが増《ふ》えますように、とか、テストで間違えませんように、とか、自分のことばかり願っていたので、（そうかぁ、目に見えない世界の人たちのことも願わなければいけなかったのか）と反省した。

「まごころ、でな。ほんまの気持ちで向こうさんにいはる方々を思いやる。するとあっちでも気がついて、口は利《き》かんし目にも見えへんけど、交流《こうりゅう》ゆうか、つながりができるんや。

それ、大事なんやで。誰か他者《たしゃ》を思いやるっちゅうのはな。そうしてそれが自分の方にも返ってくるもんなんや。だから……」

ちょっと考えて、汀は続けた。

「舩にも、まごころでつきおうてやってな。お前の気持ちはきっと通じるわ。舩だけやないで。周りの人みんなや。みーんなにまごころ込めておつきあいしなさい。お父さんは舫も舩も信じとる。初めは上手くいかんことでも、まごころを大事にしとれば必ず通じるよ」

舫は汀の言葉に頷《うなず》いた。何の疑いもなく、ただただ素直に、(それなら、家でも学校でもうんとみんなのためを思って接するように考えよう。お仏壇《ぶつだん》で拝《おが》む時と同じ気持ちでみんなを思いやろう)と思った。そう素直に思える説得力《せっとくりょく》が、汀の言葉にはあった。

「さあて、そんなら今日は舫、二人で下の店屋に行ってくるか。雪はだいぶ収まってきたし、明るうなってきよったし」

舩との外出をあきらめた汀は、舩が言ったとおり、舫と二人で出掛けることにしたらしい。立ち上がり、セーターの上から厚みのある綿入《わたい》れを着込み、玄関で靴箱《くつばこ》から長靴を出し、

「まさか、初日がこんな靴とはなぁ」

ちょっと大げさな黒長靴に苦笑《にがわら》いしている。

舫はセーターにスカート姿の上から赤いダッフルコート、フードをかぶり、ピンク色の長靴を履《は》いた。二階の日奈子に、

「お母さぁん、ほんならちょっと行ってくる」

すると、日奈子だけ慌《あわ》てて階段の上に顔を出し、

「ああ、出掛けるの？　じゃあ、あったら買ってきてほしい物、書いてあるから持って行って」

と、降りてきた。

「舷、どうしとる？」

汀の問いに、日奈子は首を振って、

「寝床《ねどこ》で伏《ふ》せって、拗《す》ねて寝たふりしてるわ。そっとしとくのがいいと思う。そのうちケロッと起きてくると思うから」

「しょうのないやっちゃなあ……まぁ、あんまり言うてもなあ。よしわかった、とにかく行ってくるわ」

「ええ、いってらっしゃい、これ……」

と、台所に書き出し、置いてあったメモを汀に渡して、

「じゃあ舫、お兄ちゃんの代わりに行ってきてね。気をつけてね」

「はぁい、いってきます」

返事をしながら舫は考えていた。さっき汀が言った「つながり」ってなんだろう。

思いやり、や、いたわりって、どうすればいいのかな？

まごころって、どんな心？

やさしそうでむずかしい。簡単そうで、なかなかできない、続けられない……

その心が伝わらないと、舷みたいになっちゃうの？　さっきの舷みたいに。

何だかすごく大切なことを汀から教わったはずなのだが、よく気持ちをあちこちに張りめぐらせておかないと、普段は見えないもののような気がした。

汀と二人、日奈子に見送られて雪道に出た。まだ少し降っているが、積もった雪は三センチぐらいか。そんなに辛《つら》くない。むしろ新雪はキュッキュと足に心地良《ここちよ》い。

間近にそびえ立つ山は、雪降る街並のすぐ後ろにその全容《ぜんよう》を現《あらわ》し、静かに佇《たたず》んでいた。

汀に手を引かれ、舫は一歩ずつ踏《ふ》みしめながら、注意深く坂を降りていった。

春の幻影《まぼろし》

「いってきまーす」

慣れた調子で舫《もやい》は下駄箱《げたばこ》から運動靴《うんどうぐつ》を出し、踵《かかと》の部分を軽く踏《ふ》みつぶしながらそのまま前方に進み、玄関扉を開《あ》ける。開けながら指で踵を左右それぞれ靴の後ろ端《はじ》に引っ掛けて、トントンとつま先を床《ゆか》にぶつけ、スポッと履《は》いて外に出た。

雪の日にここに越してきてから数ヶ月。

時は移り、季節は変わって、春爛漫《らんまん》。山の草木は一斉《いっせい》に芽吹《めぶ》き、時折《ときおり》まだ冷たい風の吹く時のあった頃とは違《ちが》い、確実に暖かくなってきている。

「お早う、舫ちゃん」

「一ノ瀬さん、おはよう」

「お早うございます」

すぐ外の道には、舫より少し学年が上の少女たちが集団登校をするため待ち構えている。みんなランドセル姿に、それぞれの絵の具箱やらたて笛《ぶえ》やら、上履《うわば》きの袋《ふくろ》やら、荷物を持っての集合だ。月曜から土曜まで、ほぼ毎日この時間に舫の家の前に集まり、みんなで坂を下り登校する。帰りはそれぞれ学年によって下校時間が違うので別々に帰るのだが。平穏《へいおん》な住宅街ではあるが、木々のうっそうとした山の裾《すそ》ということもあり、万一を考えてせめて登校時だけでも一緒に、ということになっていた。

たまたまこの地区は女の子ばかりなのだが、少女たちの中には最初の日に紹介しあった守屋さんの五年生の文《ふみ》ちゃんもいる。そして彼女とは、舫は今や姉妹《しまい》のように仲良しだ。その他の子たちとも、舫はすぐに打ちとけて、問題なく新しい環境《かんきょう》に順応《じゅんのう》できていた。

このエリアの集団の中には今のところ、舫と同い年や年下の子がいないので、四年生でも一番下ということで、一つ二つ年上のお姉さんたちからは何かと親切にしてもらえた。

「じゃあみんな揃《そろ》ったから行くよ」

「二人ずつ並んでね。舫ちゃん、一番目にね」

六年生の女の子二人が、きびきびと声をかける。舫は言われたとおり、前から二番目に並ぶ。隣《となり》は文ちゃんで、舫を見るとニコッとして、

「おはよ。忘れてない？　たて笛とか」

「うん、持ってきたよ、大丈夫」

答えながら、チラッと後ろを振り返ると、日奈子《ひなこ》が手を振っていた。母は相変わらず、登校したりしなかったりの舷につきっきりではあるが、舫にも気を配ってくれて、登下校の時は必ず玄関まで出てきて様子を見てくれる。笑顔で手を振り返し、みんなと一緒に歩き出す。

ここから山の下に広がる街の小学校までは子どもの足で二十分ほどの距離《きょり》だ。

あの初めての日のような雪の時は大変だが、今の季節には歩くのはむしろ楽しい。学校のすぐ脇《わき》の大きな国道に出るまでの間は、あるところは閑静《かんせい》な住宅街であったり、またあるところはアパートやマンションが立ち並ぶ地域であったり、様々《さまざま》だ。寒さが緩《ゆる》み、春到来《はるとうらい》で自宅近くの三段公園には見事な桜が咲き誇《ほこ》り、このところの土日は花見客で大変なにぎわいとなっている。が、舫たちの集団は公園の方には降りず、もう一方のつき当たりを右に下る。二百メートルほど先をもう一度右に曲がれば公園に出るが、そのまま下り坂を降りきって学校に向かうのであった。歩きながらみんな思い思いにお喋《しゃべ》りする。

「舫ちゃん、今学級委員なんでしょ。すごいねえ。転校してきてまだちょっとなのにさ」

文が舫の胸の名札を見ながら言う。

「そんなにすごくないよ。誰でも出来ることよ」

「一ノ瀬舫」の名前の上には赤い横長の七宝焼《しっぽうや》きのプレートがピンで留められており、級長、とある。そう、舫は転校してきて早々に学級委員に選ばれて、クラスの長《おさ》を任《まか》されていたのだった。転校生、ということで初めはお手並《てな》み拝見《はいけん》といった感じで、新しいクラスの仲間は少し遠慮《えんりょ》、少し警戒《けいかい》、そして時には少し意地悪な目で見たり、いろいろな接し方をするものだが、何となく舫はそういう相手の気持ちや心理の電波に慣れていた。親切な友には誠実に、弱い友をさりげなく気づかい、心ないことを言ったり、暴力《ぼうりょく》をふるう子には、男の子でも容赦《ようしゃ》せず、毅然《きぜん》として立ち向かった。

そんな舫を周りはちゃんと見ており、

「自分の意志を持ってるね」

「お姉さん気質《きしつ》なのね」

「もう何年もこのクラスにいるみたい……」

などという評判が立ち、

「何か、舫ちゃんに任《まか》せると安心」

などとみんなから言われ、短期間のうちにいつも頼られる存在となってしまった。担任の谷山先生は四十代後半のベテランの女性教師であったが、その先生からの舫への信頼は厚く、日奈子と初めて学校へ行った時から、

「とてもしっかりしたお子さんですね」

と褒《ほ》められ、舫自身もこの先生が好きで、すぐに打ちとけた。

舫にしてみれば――家の中では、自分という存在の、その始まりの時からやはり舷がいて、そこに神経を集中させる気遣《きづか》いで、「気持ちの細《こま》やかさ」や「気持ちの立て直し方」や「打たれ強さ」などを家族の中で自然と学んできたに過ぎない、ということであった。

それに、父汀《みぎわ》のあけっぴろげなようでいて配慮《はいりょ》があったり、面白おかしいことばかり言うようでいて物事の本質を捉《とら》えていたり、好奇心旺盛《こうきしんおうせい》で音楽とテレビが大好きで物知りであったり……といった気質にも影響《えいきょう》されて形づくられたように思えた。

そして、ずっと心の奥底で舫は考えていた。あの雪の日に汀から言われた「まごころ」についてた。どうすれば、自分の内側から「まごころ」が生まれてくるのか。

まごころがあれば、舷ともっとわかりあえるのだろうか。

そんなことをいつも考えながら、みんなに丁寧《ていねい》に接し、過ごしてきた。その結果が今の舫への良い評価なのかもしれなかった。

けれど、人から頼りにされるということは、良いことばかりでもない。

谷山先生は、そんな舫のクラスでの様子を見ていて、必ずクラスの中のちょっといたずらな問題児を隣《とな》りに坐《すわ》らせるのであった。今席を並べている中田よしおという男の子は、舫が坐っていると横から髪の毛を急に引っ張ったり、給食のときデザートの泡かんてんゼリーを取り上げたり、ひどい時はチョークの粉がたっぷりついた黒板消しで不意に顔を叩かれて、粉が目に入ってしまい、授業中断で病院に行くという騒《さわ》ぎになったりした。そんな時、普通なら親は血相《けっそう》を変え、やったやられたと大騒ぎになりそうなものであるが、日奈子も汀も、心配はするが大問題にはせず、といった態度で大らかに構《かま》えていた。ケガが一段落《ひとだんらく》したらそれでよし。学校にどなりこむでもなく、やった子供を特定するでもなく。舷《げん》の方に心配のお鉢《はち》が回ってばかりで、というのがあったが、そうでなくとも舫《もやい》という子は放っておいても大丈夫、という確信が両親にはあったのかもしれない。舫の方からしてみれば、不本意《ふほんい》なケガなどして大変ではあったが、実は両親の目が常《つね》に兄に向けられていて、自分には、自由を与えられている気分だった。自由とは、自分で責任を負わなければならないけれど、気ままで息がしやすく、また、自分の世界を考え、工夫して切り開いていくために必要なもの。そして意外とその自由を手に入れることは難しいのだ、と、何となく舫は理解していた。

文とお喋《しゃべ》りしながら坂を下り、道路はだんだんとなだらかに幅《はば》広くなって、やがて国道の広い横断歩道を渡り切ると、小学校正門の前にある文房具屋《ぶんぼうぐや》が見えてきた。その辺《あた》りまで来ると、大勢の子供たちが校舎に向かうため正門に集まってきている。舫たちも門をくぐり、学校の敷地に足を踏み入れて、すぐ右側にある玄関の車寄《くるまよ》せのところで立ち止まった。

「じゃあ、それぞれの教室に行ってください」

六年生の声でそれぞれの教室に向かう。楽しく話していた文も、

「じゃあ、舫ちゃん、また朝会おうねー」

と言って、五年生の教室へと走っていった。

舫も教室へ向かう。今月学年が上がったばかりでまだ慣れない四年生の棟《むね》だ。その四年三組の引き扉をガラガラと開けて、

「おはよーう」

と言いながら自分の席へ……と、いつもうるさくガタガタと机をゆすってみたり、ササッと舫が坐ろうとする椅子《いす》に先に坐ってみせたりするよしおがいない。

(あれ？　よしお君は？)

と、キョロキョロすると、その列の一番後ろの席に一人ちょろりと坐っている。何だかいつもと違っておとなしくしているかのように見えた。周りの友達――少しおっとりしていて気のいい宮川さんや、おっちょこちょいで階段を踏《ふ》み外して骨折《こっせつ》してしまった富永君、舫と仲良しの吉村さんなど、みんな口々に、

「おはよう一ノ瀬さん」

「舫ちゃん、おっはよー」

舫は吉村さんに尋《たず》ねる。

「ねえ、何でよしお君あそこに坐ってるの？」

「知らんよ、何か朝からずーっとあそこにいるけど。よしおにきいてみたら？」

「そうだね……」

よしおに席を移っている理由《わけ》を聞こうと立ち上がったその時、

「皆さん、お早うございまーす」

谷山先生が入ってきた。みんな一斉《いっせい》に立ち上がる。舫は立ったまま大きな声でみんなと一緒に、

「先生、お早うございます！」

と言ってから慌てて着席した。

以前暮らしていた場所と違って、ここの学校は公立でも細かく規律《きりつ》が作られており、こんなふうに挨拶《あいさつ》もしっかり習う。それに東京と違《ちが》って制服を着ているので、以前、私服で通っていた舫にはちょっと物々《ものもの》しく感じられたのだが、今ではこれにも慣れてしまった。逆に毎日着替える手間が省《はぶ》け、休みの日だけ自分の好きな服でお洒落《しゃれ》できて、それはそれで楽しい感じだった。

全員の名前を読み上げ、出欠《しゅっけつ》を取り終えた先生は、教壇《きょうだん》に立ってみんなを一通《ひととお》り見渡して、

「それでは今日はみなさんの新しいお友達を紹介します。小山さん！」

と、先ほど舫の入ってきた前方の扉の方に向かって声をかけると、半分開いている扉の向こうからニコニコ顔の小柄《こがら》な少女が現れた。

ツツーーッと、滑《すべ》るように歩いて先生の横にピタリとついて並んで立った。

「小山ゆかさんよ。お家のご事情で昨日突然移ってこられたのです。仲良くしてあげてね」

先生が軽く促《うなが》して小山さんに自己紹介するように合図しているのに、その子はニコニコ笑って立っているだけだった。舫はこんな時、場の空気が人一倍早く読めるので、（ああ、何

か言わなくちゃ駄目《だめ》だよ。この人いつもこんな調子なのかなぁ。先生が困っちゃうのにな）と、やきもきして見ていた。

小山さんは、背丈は小さく痩《や》せていて、浅黒い女の子だ。目元は優しい感じで終始《しゅうし》ニコニコしているが、言葉はあまり発さず、心ここにあらず、といった感じ。影《かげ》が薄《うす》いというか、ニコニコ顔の裏《うら》にある寂《さび》しい感じを舫は鋭《するど》く感じ取った。でも悪い人ではなさそうだ。

「じゃあ小山さん、そこの前から三番目に。一ノ瀬さん、まだ慣《な》れないから、助けてあげてね」

いくら待っても自分から何も発言する気配《けはい》がないので、先生は小山さんに舫の隣《となり》に坐るように言った。それにはすぐに反応してニコニコ顔のまま、さっさと席に着く。みんなもそれ以上ザワザワすることもなく、大人しいが故《ゆえ》に目立たず、小山ゆかは転校生としての最初の段階をあっさりクリアしたかに見えた。チラッと振り返って見ると、一番後ろの席に追いやられたよしおのチェッという不満気《ふまんげ》な顔が見えた。

その後はそのまま授業が進む。一時間目、国語——教科書はどれも全て新しい学年の最初の数ページのところだ。読まなければいけない物語にあたったりして、舫はスラスラと読み、黒板に漢字の答えを書き、席を行ったり来たりした。

その間も、小山さんはボーッとしている。

教科書も逆《さか》さまにこそなっていないが、真面目に読んでいるようすがない。勉強が嫌《きら》いなのか、それとも少しハンディキャップがあって授業についてこれていないのでは、と舫は思った。

チラッと横を見た。目が彼女と合う。ニコニコッとまた笑いかけられた。

「わかる？　本が新しいからわかりにくい？」

舫が尋《たず》ねると、

「平気。大丈夫」

と即座《そくざ》に答えるが怪《あや》しいものだ。（もし小山さんが何かやりなさいと先生から言われたら、できるのかなぁ）と、思っていたら、まさにその時、

「じゃあ小山さん、最後のところね。次の文章を読んでください」

と、先生が彼女に言った。

小山さんはのそのそっと立ち上がり、舫の方を見て、

「どこ？……読めばいいの？……わかんない」

と小声で尋ねる。周りも先生も何も言わず、しーんとして待っているので、

「ここ、この最後のところ……」

と、舫はそっと教え、いざとなったら自分が一緒に読んであげようという気にさえなって、ちゃんと読めるか固唾《かたず》を呑《の》んで見守っていた。

小山さんは教科書を持って息を吸《す》い込み、ゆっくりおずおずと立ち上がり、

「か、か、かみづつみを、あけてみ……る……」

そこまで読んで詰《つ》まってしまった。周りの子たちがクスクスッと笑う。それで余計に下を向いて縮こまっている。そんな様子を見て、先生はすぐさま、

「初めて読むと読みにくいわね。それじゃあ一ノ瀬さん、代わってあげて。その先を読んでください」

舫はすぐさま立ち上がり、

「紙包みを開けてみると、中に箱が入って」

隣の席の話をしてくれない転校生と心が通うようになり、病欠《びょうけつ》の主人公がお見舞いに美しい貝がらをもらう話だった。

「……今度こそ仲良しになれると僕は思った」

最後まで読み終えると、それにつなげるように先生は、

「僕と中山君は、中山君が前に住んでいた場所の絵を描いて説明したことから仲良くなれそうですね。人と人は、初めは上手くいかなくても何かのきっかけでわかりあえることがあるのだ、というお話です」

そうだなあ、そうなってわかりあえればいいなぁ、と舫は思う。舷《げん》のことが一番に思い浮かぶが、今はこの隣りに坐っている新しい友達の様子も気になっている。小山さんは上手く読めなかったが、それが恥《は》ずかしくも何ともないや、という態度で平気で前を向いてニコニコしている。周りのみんなは何となく知らん顔を決めこんでいて、（これは良くないな……）

彼女が仲間はずれにされる兆《きざ》しを感じた舫は、

（よし、小山さんを庇《かば》ってあげなくちゃ！）

国語の授業が終わって、理科、算数と時間は進んで行く。どの授業もぼんやり聞いているだけの隣の新顔《しんがお》さんに説明してあげたり、手伝ってあげたり、音楽の授業はたて笛《リコーダー》演奏だが、そこでもやはり小山ゆかは立ち遅れ、みんなにあわせて「茶色の小瓶《こびん》」が吹けない。時折、指の押さえがきかなくて、ズレたりかすれたり、メロディが飛んだり。その度にみんながチラチラ彼女の方を見るので、舫の方がひやひやした。

彼女の分も余計に大きな正しい音とリズムでかぶせるように吹いたりと、奮闘《ふんとう》する一日となった。給食の時間の配膳《はいぜん》も、当番の男の子から自分と彼女の分を二つ受け取って運んであげたり、あれこれ気を遣《つか》い、面倒を見てあげた。

小山ゆかの方は、そんな舫にニコニコと応じ、おとなしくその厚意《こうい》を受けていた。先生も、ちょっと離れたところから様子を見ていて、舫の行動を微笑《ほほえ》ましく思っているようだ。そんな空気がやがて他の子供たちにも伝わったのか、その後、小山ゆかをいじめたり、馬鹿にしたりする子は現れなかった。あのイタズラでちょっぴり乱暴《らんぼう》な中田よしおでさえも、少し離れたところでおとなしく、今日に限っては舫のそばに近寄ってさえも来なかった。不思議なことに、いつも仲良しの吉村さんも宮川さんも、今日はあまり接する機会がない。

やがて帰宅の時間となり、みんな帰り支度《じたく》を始める。一日の締《し》めくくりとなる終わりの会、これは級長である舫が司会のようにリードして、

「今日一日、何か気づいたことはありませんか?」

などとみんなに尋《たず》ね、大概《たいがい》誰も何も言わないので、先生が助け舟《ぶね》を出し、明日持ってくる物のチェックや連絡事項を確認して帰宅となる。

先生によってはここで長いお話になる場合もあって、そんな担任だと帰宅も遅くなってしまうが、谷山先生はみんなを早くお家に帰した方が良いと考えているようで、さっぱりとし

た調子で、

「明日は絵を描《か》く道具を持ってきてください。絵の具を洗《あら》う入れ物を忘れずにね。画板《がばん》と用紙は先生が配りますね。それではごあいさつ」

「先生、みなさん、さようなら！」

「さようなら！」

挨拶《あいさつ》し終えると、みんな一斉《いっせい》に動き出す。女の子は口々に「また明日ねー」などと声を掛け合い、教室を出ていく。三、四人で連《つる》んで帰り出す男の子たちもいる。吉村さんは仲良しだが、住んでいる場所が全く逆の街側方向なので、「じゃあね。また明日……」と早々に立ち去った。宮川さんも森口さんも村松さんも、三人揃《そろ》って遠くから舫に手を振り帰っていく。

中田よしおなどは、一番にいなくなっていた。

ふと気づくと、小山さんはニコニコと舫を見つめて目の前に立っている。先生も、いつの間にかいない。教室に二人きり——

「あ、住んでるの、どこ？」

舫の問いかけに、

「段々の公園のところ……山のそばの……」

（なぁんだ、じゃあ家の近所なんだ！）

公園とは桜満開の三段公園。そのそばなら一緒に帰ってあげられる。いつも帰りは文ちゃんとも別々で一人だけど、小山さんちはちょうど帰る通り道だし、これは都合《つごう》がいい、と舫は張り切って、

「そこだったら私の家の近所だよ。通り道だから一緒に帰れるね」

舫の言葉に嬉《うれ》しそうに彼女も頷いた。

学校を出て道を歩く間、舫のやや後ろをついてくるかのように彼女は歩いてくる。なにぶん会話があまり成り立たない上に、スローモーなので、時折《ときおり》振り返り、手を引いたり、小走《こばし》りに先を行ったり、じゃれあうように二人で帰る。

小山さんのランドセル——少し西に傾《かたむ》いた日差しの中で見ると、舫のものより落ち着いた茶色に近い色で、変わっている。よくよく見ると表面がザラザラしていて、まるで厚紙《あつがみ》でできているかのような……小山さんが走るたびに横に結びつけてある残したパンの入っている黄ばんだ給食袋が弾《はず》んでいる。

柔《やわ》らかい日差しは心地良く、この後の春の宵《よい》を予感させる。こうしている間にも、若草の

芽《め》もぐんぐん伸びていきそうな穏やかな午後。

（今は公園の桜が満開だから、小山さんと別れたあとは公園を通って――そうだ、与田《よだ》商店も覗《のぞ》いていこうっと。与田のおばあちゃんに会ってから帰ろうっと）

初めてこの地に来た日に大雪となり、父の汀《みぎわ》と雪の降る中を訪ねて以来、与田商店とはうんと親しいおつきあいとなっている。舷《げん》の看護《かんご》で遠出《とおで》がままならない日奈子は、しょっちゅうこの店の世話になり、すっかり馴染《なじ》みの得意客《とくいきゃく》となっている。店は公園の前で、舷の通学路にあたるので、防犯の意味でも与田さん一家が見張《みは》りになってくれていることはありがたかった。

緩《ゆる》い登りの六メートル道路、その先にもう公園の一番裾《すそ》の入口が見えるところまで来た。左側を見ると、草ぼうぼうの空き地である。人が入れないように有刺鉄線《ゆうしてっせん》が張りめぐらされている。その空き地沿《ぞ》いに小山さんは急に舫を追い抜き、左に曲がる。

タッタッタッタ……

「あれ、そっちなの？　待って、待ってよ、小山さぁん！」

急に動きが早くなった小山さんにちょっと驚《おどろ》きながら、舫は慌《あわ》てて後を追った。が、彼女はおかまいなしに走り続けて、空き地の奥、木々に隠《かく》れるように建つ古いアパートの前で立ち止まった。一度立ち止まってから振り返りもせず、さらに一気にパタパタと駆《か》け出していく。

その後ろ姿を追いながらチラリと思った。

（朝からの小山さんじゃないみたい……こんなに素早《すばや》く動ける人だったの？）

そしてそれは古い古い木造《もくぞう》アパート。二階建てで、上下を合わせると八軒《けん》。八つの扉《とびら》が見える。各扉のところには牛乳箱、ポスト、そして小さな消火器などがくっついている。この建物の奥まで走っていって、後ろ側の鉄骨《てっこつ》でできた、錆《さ》びた階段を一息にかけ登り、二階の廊下を表に戻るように進んでくる。そして一番手前、角の部屋の前に立った。彼女に追いついた舫は、彼女の家の扉のすぐ横を見たが、なんとそこにも下へ通じる階段が見えている。道から近い階段で、ここから登ればすぐなのに、なぜわざわざ奥から登ったのか、舫にはさっぱりわからなかった。

「お母さん、ただいまあ！」

今まで言葉をほとんど発さず、おとなしかった彼女の大きな声に舫は驚《おどろ》いた。初めて、本当の彼女の声を聞いたかのように思えた。

「ただいまぁ！　ただいまぁ！」

アパート全体は静かで人気《ひとけ》がない。

舫も彼女と一緒に横に立ち、母親が出てくるのを待っていた。何の疑いもなく、（小山さんのお母さん、どんな人かなぁ）

と、鈍《にぶ》い軋《きし》むような大きな音がして、

「ギギギギギィーッ！」

扉が開いた。家の中の様子がよく見えない。と、同時に、まっ黒な長い髪が二人の真ん中に垂《た》れ下がる。

ビクッと飛び上がって見上げ、ドキッとした。

浴衣《ゆかた》を着た、黒い長い髪そのままの女性。

顔面青白く、暗い面持《おもも》ち。顔立ちが美しいので、見ていて息が詰《つ》まる。

その切れ長の目。視線だけははっきりと、まっすぐこちらを見据《みす》えて、ぐっと舫に顔を近づけた。眉間《みけん》にキュッと縦皺《たてじわ》を寄せ、じっとしている。

舫は、よく間近に迫《せま》る山を見てドキリとしていたが、この近づき方はそんなものではない。

時間が、止まる。

低い声で短く言った。

「送ってくれたん?……ありがとね」

そう言って、小山さんの肩をギューッと掴《つか》み、自分の方へ引き寄せ、舫の方を向かせた。

小山親子と舫が完全に対面する形となった途端《とたん》に、すごい力《ちから》で扉を閉めた。

「パアン!」

その後は、静寂。何の音も聞こえない。上の階からも、下の階からも、周りの道路も、車一台、人っ子一人通っていない。

この扉――小山さんとあの女の人、(お母さん?)は、この扉の向こうに入っていった。

でも――この扉の内側からも、物音ひとつしてこない。

まるで最初から誰もいないみたいに。

それっきりで、舫は一人になった。

ふと気がつくと、木々に囲まれたうっそうとした森の中にあるかのようなアパートの二階の角に、一人っきりで立っていた。

すぐ横の道を百メートルいかないうちに、春の桜の公園が広がっているというのに。

何だか頭の後ろが寒くなった気がして、近い方の階段を降りた。

「カンカンカン」

鉄の階段の音が響《ひび》き、足がもつれそうになったが、最後まで降りきって道路に出た。

空気は元の柔らかく暖《あたた》かい春爛漫《はるらんまん》に戻っている。

（今のは……なんだったんだろう……？）

歩きながら思い返そうとするが、今見た光景が、よく思い出せない。舫の心の奥底から誰かが、思い出さない方がいいよ、とシグナルを出している。でも考えてしまう。（あのあと、小山さんはどうなったのかしら。あの女の人、お母さんなのかなぁ……）

桜の木一本一本が見事に満開の道を、気もそぞろに、ぼうっとしたまま歩く。

与田商店は、シャッターが降りており、お休みだった。しかたなくそのまま通り過ぎ、家への砂利道《じゃりみち》を登る。

「ただいまぁ……」

静かに玄関を開け、玄関ホールで、

「お母さん？……かえったよぉ……」

いつもすぐに出てきてくれる日奈子も反応がない。まるで誰もいなくなったかのよう……

この時、舫は初めて恐怖を感じた。この上、日奈子まで出てきてくれないのは、嫌《いや》だ。

「お母さぁん、お母さぁん、どこなのぉ！」

半ベソをかいて叫《さけ》んでいると、

「いるわよ、ここに……」

玄関越しに左の和室を見ると、日奈子がいた。

何やら押し入れを開けて、中を整理中だ。

ごそごそとこちらを振り返りもせずに、作業を続けている。舫はホッとして、

「あ、お母さん、ただいま。あのね、今日ねぇ、転校生が来てね、その子のお家がねぇ、すごい近くだったんだけどね……」

懸命《けんめい》に今までの出来事を説明しかけたが、いつもと違《ちが》って日奈子はあまり相手にしてくれない。どんなに話しかけても全くこちらを見ようとせず、押し入れの中から出してきた衣装《いしょう》ケースの中身ばかりをいじっている。

舫もまた、眠っているのだろうか。二階も静まりかえっている。舫はあきらめて、自分の部屋に入った。ランドセルを学習机の横に引っ掛け、椅子《いす》に坐り、考えた。

(びっくりして帰ってきちゃったけど、あのお母さん、ちゃんと私にありがとうって言ってくれたよね。小山さんのことを一日中庇《かば》ってあげてたのを知ってたみたいな感じがしたな。ちょっと怖かったけど、お礼言ってくれてたんだ……)

そう思うと、だんだん暖《あたた》かな、嬉《うれ》しい気分にもなってきて、時が普通に巻き戻ってきた。

そこに、何ごともなかったかのように、

「舫ちゃーん、おやつのクッキーよ」

という日奈子の声が。ドアを開けると、いつもの優しい表情の日奈子がクッキーを載《の》せた皿を持って立っていた。

その母の顔を見て、もう舫は今しがた起こった出来事を話す気持ちにならなかった。

舫の心の中で、小山親子に喜んでもらえた、ということで完結してしまったようだ。また明日もまごころ込めてお友達に接しましょう、と舫は思うのだった。


次の日。いつもの集団登校で坂を下る。

文ちゃんと並んで歩きながら、舫は昨日のことを思い出し、今日もよく小山さんを見てあげなくてはと考えていた。けれど、登校の時にはコースが違うので、学校に着くまでは小山さんの様子はわからない。誰か他の、公園側に住む上級生に連れてきてもらっているかもしれない。それなら安心なのにな、などと思いながら、昨日と同じく校門をくぐり、車寄《くるまよ》せのところに着いた。

「では各教室へ入ってくださぁい」

上級生のお姉さんが言うと、文ちゃんが突然、

「忘れてない？……たて笛とか」

「うん持ってきたよ……？……文ちゃん、昨日もそれ聞いてくれたよね」

「え？……」

文ちゃんが不思議そうな顔をして、

「言わないよ、私。だって今日がたて笛の日なんじゃないの？　舫ちゃん、私に時間割見せてくれたよね。あれにはたて笛は火曜日って、書いてあったもの。昨日は月曜でしょ。たて笛の日じゃないこと知ってるもの、私」

「あれ？　そうか……そうだったね」

確かに舫は文と親しいので、自分の時間割表を文に見せていた。世話好きの文はその日の舫の持ち物をチェックして、登校の時、忘れないよう尋《たず》ねてくれていたのだ。

そして今日は——（あれ？　昨日帰る時、谷山先生、絵の具箱忘れないようにって……何で？　絵は水曜日のはずだよ。今日は火曜……ええっ、私、ちゃんと今日たて笛持って来てる……）

今ここにあるたて笛を目にして、大きな疑問が湧《わ》いた瞬間、文ちゃんがいつものように、

「じゃあねー、帰りに会えるといいね」

と、手を振りながら走っていってしまった。

(昨日、たて笛吹いたのに……?)

舫は足早《あしばや》に教室へと向かった。

「ガラガラガラ」

教室の扉を開け、舫の目に一番に飛び込んできたのは……。前から三番目の舫の席の隣りに坐る、中田よしおの姿だった。よしおは舫を見ると、イタズラっぽい仕草《しぐさ》で自分の机をガタガタと揺《ゆ》らした。

「よお、一ノ瀬、おそいやないか」

「おはよう、小山さんは?」

尋ねられて、よしおはキョトンとして、

「誰それ?」

「誰って、昨日転校してきた……」

「知らんよ、そんな人。何ゆうとん、お前」

「だってその人が来て、あんた席、後ろに変わったじゃない……」

よしおはいよいよムキになって、

「そんなん知らんちゃ。ずっとここにおるよ」

やりとりを聞いていた宮川さんや吉村さんも、口々に、

「舫ちゃん、どうしたん？　そんな転校生なんて昨日は来とらんよ」

「このままでやっとったっちゃ。どうしたん？……夢でも見たん？」

谷山先生が入ってきたので、舫は先生にも、

「先生、昨日の転校生の小山さんはどうしたのですか？」

と尋《たず》ねたが、先生は不思議そうな顔をして、

「一ノ瀬さん、昨日は転校してきた人はいませんよ。何か勘違《かんちが》いじゃないかしら」

（勘違い……なわけないよ。だってずっと一緒に過ごしたじゃない！　給食だって二人で食べて、お家まで送っていって、あ、そうだ！）

舫は思いついた。（みんながいない、知らない、と言っても、私はお家まで送っていったもの。あのアパートのお家に……ちょっと気味悪かったけど、あのお家で小山さんのお母さんにも会ったんだし、帰りにもう一度あそこを訪《たず》ねればわかるよ、きっと。今日は小山さん、

休んでるだけかもしれない）

その日一日、ほとんど気も漫《そぞ》ろで過ごし、終わりの会がすむと、一目散《いちもく》に昨日のアパートを目指して一人で走った。広い道路の緩《ゆる》い坂道を上り、やがて公園が正面に見えてきた。最後の角を左に曲がる。昨日と同じ、春の晴れた暖かな日である。春風が静かに吹く中、空き地の向こうに廃屋《はいおく》になった、無人《むじん》のアパートが建っていた。

扉の一枚一枚に、×の印のように木の板が打ちつけられている。二階のあの、小山ゆかの家の扉にも。そして近い方の二階へと続く鉄の階段——舫が昨日一人で降りたその階段は、朽《く》ちて根元からなくなってしまっていた。

しばらくの間、下から見上げていた舫は、くるりと向き直り、自分の家に向かうべく、歩き始めた。すぐに公園のエリアとなり、昨日と同じく桜の下を通る。

今日は与田商店も開いている。昔の茶店《ちゃみせ》のように外にベンチが二つ出ていて、店先の間口では、風に藍色《あいいろ》の大きな暖簾《のれん》が揺《ゆ》れていた。

ふらふらとくぐって入ると、

「あれ舫ちゃん、おかえりぃ。今日はちょっと早めやなぁ……」

すぐそこのあがりかまちに坐っていた与田のおばあちゃんが言う。大柄《おおがら》なおおらかな女性だが、近所のこと、昔のことなど何でも知っている、しっかりものの一家の長老だ。

「こんにちは……」

力《ちから》なく答えた舫の様子を察知《さっち》して、

「あれ、どうしたん？　何ぞいやな目にでもおうたんか？」

「おばあちゃん、お友達がね、消えちゃったの」

舫はポツリポツリと事情を説明した。驚《おどろ》きとちょっとした恐怖と、哀《かな》しみと。

おばあちゃんはどう思うのだろう。やっぱりみんなと同じで、信じてくれないのかなあ……

「あのなあ、あのアパートはなぁ、戦争始まる前からあったんよ。もう三十年も前、やないやろか。今建っとるのは建て替えとるから、その頃のとは違う建物やけどな。まだまだこの公園も、ただの野っ原だったその頃にもなぁ、もうあのアパートは建っとったよ。誰が住んどったかはよう知らんけど、建て替えたんは空襲《くうしゅう》やったかなぁ、火事が出てな……今はもう使われとらんのよ。舫ちゃんの会うた子はその頃の子供かもしれんな」

「どうして私にだけ見えたんだろうね」

おばあちゃんは微笑みながら言った。

「それはなぁ、舫ちゃんが優しい子やとわかってたんやないやろか。舫ちゃんやったら、仲良くしてくれる、そう思うて現れたんやないかなあ……」

舫は、小山ゆかの母親の様子を思い出していた。彼女は怖い姿なのに言っていた。

「送ってくれたん、ありがとう」

と。

ありがとう、という言葉が心の中に、じんわりと広がってゆく。

小山親子は、満足してくれたのだろうか。

舫のまごころは、通じたのだろうか。

おばあちゃんと別れ、家までの砂利道を不思議な気分で歩いて帰る。風が吹《ふ》いて、舫の肩や髪に小さな桃《もも》色の花びらが数枚、くっついてはふわりと離《はな》れ、飛んで行く。

いつの間にか桜は散《ち》り始めている。

春の夜の夢のような不思議な出来事と共に。

そして季節は、移ろぐ。

夏の祈り

朝から日差しが強い。舫の家の東側、正面にそびえ立つ山の間から現れた太陽は、山全体を揺《ゆ》るがすかのようにメラメラと燃え立ち、そのまま夏の一日が始まろうとしていた。

夏休みを十日後に控えた集団登校で、いつものように列に並んだ舫たち。制服は衣替《ころもが》えして半袖《はんそで》に明るいブルーのスカート。夏用の帽子をかぶり、今日木曜日の体操の授業で使う縄《なわ》跳《と》びの縄と体操服も持参《じさん》していく。

一年生の時の、前の学校時代から舫は縄跳びが得意で、その頃もうすでに手を交差して飛ぶ綾跳《あやと》びなどは楽にできていた。

「いいなあ舫ちゃんは体育よくできて。私なんか五年生なのに二重跳び、三回しかできないんだよ。走るのだっていつもビリだしさ」

文がグリーンのビニール縄を持って、振り歩きながら言う。

「でも文ちゃんは、お習字やピアノがすごく上手じゃない。ウチのお母さん、いつも言ってるよ。文ちゃんをよく見習いなさいって」

「そんなでもないよ。あ、舫ちゃん、今度私とピアノ連弾《れんだん》しようよ。面白い曲があるんだよ。リズムの道化師《どうけし》っていうんだけどね」

「へぇー、楽しそうな題名だね」

「ルンバっていうリズムの曲だよ。今度練習しにおいでよね。二人で弾《ひ》けたらいいなって思ってるんだ、私」

「うん、ありがとう」

「今日は四年生は二重跳び？　もう跳べるの？」

「うん、いろいろ少しずつ練習してるんだ」

実は文は知らないのだが、四年生となった今では、舫は二重跳びどころか、はやぶさや三重跳びも楽に跳べている。文と色違いの縄は、文房具屋で売っているビニール製の持ち重りがするもので様々《さまざま》な色があり、ここ数年で舫は時々取り替えて、切れたり汚れたりしても常

に二本ずつ持つようにしていた。そうしてこの日も、体育の授業で楽しく練習できるはずだった。が、

「あいたたたタ……うーん痛《いた》い……」

教室に着いて、一時間目の社会科の授業の後半の頃。おへその右下辺りに熱《ねつ》を持ったような感覚《かんかく》を覚《おぼ》え、最初はじんわりと。やがてジクジクと疼《うず》き、脈《みゃく》打つように痛みが襲《おそ》ってきた。

舫は普段、割《わり》と我慢《がまんづよ》強い方なのだが、実は家でも時々この痛みに襲《おそ》われていた。けれど家では毛布をかぶり、必死でこらえ、毛布に織《お》り込まれている可愛《かわい》い動物の模様《もよう》など見つめているうちに眠ってしまい、朝には治まっている、といった感じでやり過ごしてしまっていた。日奈子が心配して、病院へ行こう、と言ってもおさまると全く痛みは消えてしまい、熱もなく、食欲も普通なので、そのまま何もせず今日まできてしまった。

それが今日は朝から学校で授業中に起きてしまった。だんだん強くなる痛みに顔をゆがめている舫に先生は、

「一ノ瀬さん、とにかく保健の先生のところへ行きましょう」

周りの女の子たちも口々に、

「舫ちゃん、ちゃんと病院で診《み》てもらった方がいいよ」

「大丈夫？　しっかりしてね」

「学校の荷物はまとめておいてあげるね」

と励《はげ》ましてくれたり、面倒をみてくれたり……

中田よしおは、こういう時は、他の男の子とひとかたまりになって、遠巻《とおま》きに様子を窺《うかが》っていた。

谷山先生に抱《だ》き抱《かか》えられて保健室に行くと、保健の先生で学校医でもある佐伯《さえき》先生が、舫の顔を見るなり、

「あらあら、これは大変。すぐに救急車《きゅうきゅうしゃ》を呼んでください。私が連れて行きます。一ノ瀬《いちのせ》舫《もやい》ちゃんね。あのね、あなたの様子はたぶん、虫垂炎《ちゅうすいえん》だと思うから、今から胃腸科外科《いちょうかげか》へ行きましょう。早い方がいいから、すぐにね。大丈夫よ、先生がついてあげるからね」

授業に戻る谷山先生にも、

「しっかりね。大丈夫よ」

と励《はげ》まされ、身体の右側を下にしてベッドに横たわる。五分ほどで到着した救急車に佐伯先生と二人で乗り込み、

「駅前の清水外科医院までお願いします」

先生がきびきびと告げ、あっという間に到着。

痛さが最高潮《さいこうちょう》に達《たっ》して、今回はこれは手強《てごわ》い感じだな、もうごまかせないな……という気持ちと、もう一方で、痛くてそれどころではないのに割《わり》と冷静に、(先生とタクシーでさっと着いて良かった)とホッとしたり、またもう一方で、(お母さんが驚くだろうな。舩が一人にされて拗《す》ねてなければいいけどなぁ)などと考えていた。思いもかけない展開で、縄跳びどころではなくなってしまった。

清水医院は、この街の中心部、駅前にほど近い場所にある個人病院で、そんなに大きな医院ではないが、入院もできるとても清潔《せいけつ》な感じのする病院だ。入口の見た目より奥行きがあり、中に入るとたくさんのスタッフの方々、看護婦《かんごふ》さんたちが働き、安心な雰囲気《ふんいき》だ。佐伯先生に連れられて待合室《まちあいしつ》までゆっくり歩く。

大勢患者《かんじゃ》さんの待っている中で、長椅子《ながいす》にもたれかかっていると、すぐに診察室《しんさつしつ》に呼ばれた。

背丈のある、スラリとした大きな丸い優しい目をした男の先生が、

「お腹痛いの辛《つら》いよね。どの辺りが、どんなふうに痛むのかな」

舫がおへその右下あたりでだんだん痛みが強くなってきていることを告げると、先生は、

「採血《さいけつ》してください」

看護婦さんが、舫の左耳たぶを軽く引っ張り、

「ちょっとごめんねー、チクッとするよー」

どうやら先生は血を採《と》って調べてくれるようだ。お腹が痛いには痛いのだが、舫はこれからどうなるのか、この腹痛《ふくつう》は何なのだろう？　という気持ちも強かったので、先生が何とおっしゃるのか、様子も窺《うかが》っていた。

「ああ、そりゃこれじゃあキツかったね。白血球《はっけっきゅう》ものすごい増《ふ》えてるよ」

と先生は言って、

「これは慢性虫垂炎《まんせいちゅうすいえん》ですね、今日午後手術します。保護者《ほごしゃ》の方へ連絡をお願いします」

と、佐伯先生に伝えた。先生も、

「やはりそうでしたか。では親御《おやご》さんに至急《しきゅう》お伝えして、いらしていただくように手配いたします」

そして舫に、

「やっぱり盲腸《もうちょう》だって。でも大丈夫よ。もうはっきりしたから、ちょっと大変だけど、取っちゃいましょうね。きっと一週間ぐらい入院になるから、学校には先生が伝えてあげるか

らね」

そこまでまるで他人事《たにんごと》のように、痛いお腹を押さえながら聞いていた舫だったが、手術と聞いてちょっと怖くなり、（ええっ、でもいつもしばらく経つと治ってくるから、今日はもういいのに……）と逃《に》げ腰《ごし》になった。けれど周りの大人たちはそんな舫の思いなど一切感知《かんち》することなく、みんな一斉に小学生の手術準備に動き始めていた。

不安な気持ちのまま、まずストレッチャーに寝かされ、処置室《しょちしつ》へ。ところがこの部屋が二人分のベッドのある落ち着いたホテルのような部屋だった。体温を測《はか》ったり、お腹のうぶ毛を剃《そ》ったり、黄色《きいろ》い消毒剤《しょうどくざい》を塗《ぬ》ったりして、手術の時間を待つ。部屋のベッドに横になってみると、この部屋がなぜかとても心地良《ここちよ》くて、舫の気分は次第に落ち着いてきた。すると、

「ここは処置室《しょちしつ》だけれど、ナースステーションが一番近いから、手術が終わったらそのままここに戻って入院していたらいいわ。二人部屋だからお母さんに来ていただいて、泊《と》まっていただけるし、私たちもしょっちゅう見に来られるから安心してね」

と、看護婦さんに言われ、ますます大丈夫だという気がしてきた。その時には最初の頃とだいぶ考えが変わり、（どうせいつかは取らなくちゃならないなら今やってしまおうっと）という気持ちにすっかりなってしまっていた。

横になってしばらく待っていると、コンコン、とノックの音がして、

「はぁい、どうぞ」

「舫……大丈夫？」

日奈子が大慌《おおあわ》てで普段着《ふだんぎ》のまま入ってきた。

「ああ、お母さん、手術だって」

「そうだってねえ、びっくりしたわ。あんたいつも痛がってたの、盲腸《もうちょう》だったのね。お父さんにも電話しといたから、手術終わるまでには来るってよ。手術ったって、一時間かからずに終わると思うわよ。もうこうなったら治《なお》しちゃったもん勝ちよ」

「うん、私もそう思う。お兄《にい》ちゃんはどうしてるの？」

日奈子はちょっと考える表情をしたが、

「大丈夫よ。家でちゃんと勉強させてるから」

そこへ再びノックの音が……。準備が整ったのを知らせに来てくれた看護婦さんだった。

「それじゃあ、手術室に入りましょうね。じゃあお母さんは、しばらくこの部屋でお待ち下さい」

手術用のガウンのような服を着せられて、頭にキャップをかぶり、再びストレッチャーに

寝かされ、日奈子に見送られて手術室に向かう。

その頃にはもう、まな板の上の鯉《こい》といった心境《しんきょう》で、覚悟《かくご》が決まっていた。

麻酔《ますい》の注射を背中を丸めて打ってもらう。ズキリと痛かったが、しばらくすると、下半身だけスウスウするような不思議な感覚に襲《おそ》われた。先ほどの背の高い先生が入ってきて、念入りに手を洗いながら、

「大丈夫だよ。目があいてても、麻酔《ますい》はお腹に効《き》いてるから、痛くないからね。嫌《いや》だったら目をつぶって眠ってしまってもいいんだよ」

と、優しく言った。

言われたとおりにするうちに、本当に眠ってしまい、途中で一度目を開けると、先生が、「三センチほどだ」と言って、何かを見ている姿や、「すべて正常」などと言う誰かの声が聞こえ、そのうち、ぐったりしている自分をストレッチャーからベッドに戻すときの、「ヨイショ」という掛け声なども遠くに聞こえて、そのまま深く眠ってしまったようだった。

次に目覚めたのは、次の日の午前中だった。

あの気に入った処置室のベッドですうっと自然に目が開いた。

傍《かたわ》らに日奈子が坐《すわ》っていて、

「ああ、起きたのね。手術は終わって、悪いところはちゃんと切り取ったんだって。上手《うま》くいって良かったね」

と、喜んでくれた。

「お母さん、泊《と》まってくれてたの？」

「ええ、もちろんよ。局部麻酔《きょくぶますい》でも目が覚めるまでは油断しちゃいけないからね。この部屋はいいわよ。普通の病室だと他の方もいらっしゃるけど、ここなら何かと気楽でいいわよ。お父さんもここはいいって言ってたわ」

「お父さん、びっくりしてたでしょ」

「ええ、驚《おどろ》いていたけど、手術が上手くいったから安心してたわよ。取ったのは三センチだって、先生おっしゃってたわ」

（じゃあ、やっぱりあの時目が覚めてたんだ。先生が言った「三センチほど」っていうのは、私の切り取った盲腸のことだったのね）

手術の後のお腹の様子は、何となく引っ張られるような感じだが、そんなに痛くはない。掛け布団とお腹の間にアーチ型の鉄の枠《わく》が入れられており、そこだけトンネルのようになっている。ベッドはサラサラしていて気持ち良く、一階なのに奥まった場所にあって、明るく静かだ。今は手術したばかりで少し用心深くなっているけれど、ここで数日過ごせるかと思うと、無事に終わった安心感もあって、何だか嬉しくなってきた。

「一ノ瀬さぁん、検温《けんおん》しましょうね」

昨日の優しい看護婦さんと手術してくれた先生が入ってきた。先生も明るい笑顔で、

「やあ、目が覚めましたか。ちょっとお腹のチェックに来たからね」

布団をはぐり、アーチを外《はず》して、お腹の傷のところのガーゼを一瞬だけめくり、

「はいはい、大丈夫……今日一日だけ、後でちょっと痛むかもしれないけど、すぐにそれも治《おさ》まるからね」

先生は看護婦さんを残してそのまま出ていった。日奈子がお辞儀《じぎ》をしたあと、

「先生のお名前、お伺《うかが》いしそびれているのですが」

と問うと、

「清水院長です」

「まあ、院長先生でいらしたのですか。いろいろとお世話になって……」

と恐縮《きょうしゅく》している。

検温も終わって二人になると、

「お若い方だったから、新米《しんまい》の先生かと思ってたんだけど、見かけによらないねぇ」

ふふふ、などと笑っている。舫はこの先生に何となく頼《たよ》りがいを感じていたので、

「そんな、お母さんたら。私は清水先生ですごく良かったと思ってるよ」

すると日奈子も真面目顔《まじめがお》に戻り、

「ホントね。あんた運がいいわよ。先生といい、この部屋といい、恵まれているわよ」

「うん、お母さんも泊まれるしね」

と言って、ハッとした。

舷は一人で大丈夫かな。

日奈子を見ると、ニッコリ頷《うなず》いているが、舫は見逃《みのが》さなかった。その表情の中に舷への心配——放っておくとまた、どんなふうに出てくるかわからない彼の病状を、かすかに母が危惧《きぐ》していることが見て取れた。それで、

「お母さん、今日まででいいよ、ついてててくれるの。だって私、もう大丈夫だもん。看護婦さんたちがよく見張っててくれるしさ」

本当に心の底からもう大丈夫だと思った。

母も家でしなくてはいけないことがたくさんあるのだから、私は私で、この居心地《いごこち》最高の

部屋を楽しみながら過ごせばいいわけだ。

「そう？　舫一人で平気？……お母さんはいてあげられるわよ、何日でも」

「いいよ、いいよ。ここにいたって私は寝てなきゃいけないし、ずっといたって同じだよ」

「んー、じゃあわかったわ。お昼間一回は見に来るようにするからね」

そんな会話の後《のち》、日奈子は、自分が夜付き添《そ》うのは今日まで、とナースステーションへ告げに行った。

入れ替わるように再び、コンコン、と音がして、

「おう、舫、どうや？　気分悪うなっとらんか」

汀が入ってきた。何やら大きな箱を抱《かか》えている。

「大丈夫だよ、お父さん。何、それ？」

「これか。これはテレビやで」

「えっ！　そんなの持ってきたの？」

思わず身を起こしかけた舫に、

「あー、起きたらあかん。昨日な、病院に訊《き》いたら持ち込んでいい、言われたんや。だって、ないやろ？　この部屋。見れたら面白いで」

と言うや否《いな》や、十四型白黒テレビをベッドの頭側の棚《たな》に、こちらを向けて手が届くように置いて電源《でんげん》をつなぎ、小さなプロペラのようなアンテナも横に置き、

「会社にあったテレビなんや。使《つこ》うてなかったから借りてきたよ。楽しいで」

と、笑った。

これでいよいよテレビ付きとなり、舫の貸し切り病室はホテルの部屋のようになった。

そこに日奈子が戻ってきて、

「まあ、お父さんったら、テレビ持ち込んじゃったの?!」

と、呆《あき》れて吹《ふ》き出していた。

「観《み》れたら楽しくてええやろ思うたんよ。一週間はおるんやろ?」

「ええ。あ、舫、今聞いたら退院は木曜日の午前中ですって。ちょうど一週間ね。学校はもうそのまま休んで、九月の夏休み明けから行きなさいね」

夏休みまであと少しというところで入院となってしまった。このまま夏休みを挟《はさ》んでひと月ちょっとの間、クラスのみんなに会えないのはつまらないと思う舫であったが、この自分だけの部屋に少しの間いられると思うと、わくわくしてくるのだった。

このまま九月の新学期まで友達に会えないと思っていた舫だったが、予想に反して翌日《よくじつ》か

ら、先生や友人のお見舞いのオンパレードとなった。午後三時を過ぎると、谷山先生が、吉村さんや宮川さんを連れて会いに来てくれた。

みんな口々に、

「大変だったねー」

「手術、怖かった？」

などと舫に尋《たず》ね、部屋がリラックスできる雰囲気《ふんいき》のせいか、時折盛《ときおりも》り上がってしまい、大きな笑い声が病室に響《ひび》いたりした。昼間のうち、そんな人たちと接して、夕方五時には夕食が運ばれ、その後はみんなが持ってきてくれたお見舞いの品——完治《かんち》したら食べてねと渡されたお菓子《かし》だったり、お花だったり、毎月出る雑誌だったり、『星の王子様』などという名作の本だったりしたが、それらを眺《なが》めるうちに満足してゆっくり過ごしていた。

そんな調子で土日の二日間が過ぎて、月曜日の午後四時半。

「じゃあね。また明日来るけど、欲しい物があったら買ってくるわよ」

再び平日に戻り、日奈子が帰り際《ぎわ》に行った。舫は別に何も不自由していないので、

「別に何もいらないよ」

その返事をそっけなく感じたのか、機嫌《きげん》を取るように、

「今日も夜一人にしちゃうけど、大丈夫よね。お母さんも気になってるんだけど」

「そんなの全然大丈夫だよ」

実は一人の方が良くなっている。消灯《しょうとう》と言われたあとも、こっそり枕元《まくらもと》のライトを点《つ》けて漫画《まんが》を読んだりしているのだ。寝ころんだまま、お腹の上のかまぼこのような形のアーチを少し上に移動させ、支《ささ》えの台のようにして、肘《ひじ》を置き、本を支《ささ》えて読む。誰か来たら、アーチの中に本を隠《かく》すこともできるのだ。このお腹の保護《ほご》アーチはなかなか便利な小道具となっていたのだった。

日に日に身体が回復してきて、慣れたり飽《あ》きたりする頃である。といっても入院もあと三日、木曜の朝には抜糸《ばっし》して、午後には家に帰れる。この快適《かいてき》な病室ともあとわずかのご縁《えん》なのだった。

日奈子が帰った後、五時に軽い固形物《こけいぶつ》も混じった夕食を済ませ、検温や巡回検診《じゅんかいけんしん》も終わって、八時頃のこと。

「コンコン」

誰かが扉をノックした。誰だろう？

「はい」

小さな声で舫が答えると、ドアがスーッと開いて、

「こんばんはー」

か細い声で挨拶《あいさつ》しながら、老女《ろうじょ》が一人入ってきた。患者《かんじゃ》ではなく、普通の服装のお婆《ばあ》さんである。紙袋を一つ抱え、地味《じみ》なブラウスとスカート姿。

「あ、お嬢《じょう》ちゃん、こんばんは。私はこの病院で付き添いをしております者です。今日一緒にね、付き添いますからね」

そう言って、部屋の反対側の壁際《かべぎわ》にある、もう一台のベッドの上に自分の荷物を置いた。

何といっても小学生であるから——当然、小さな子供が一人で入院していることを心配してくれての病院側の配慮《はいりょ》だったかもしれない。

舫は内心、(えー、じゃあマンガ読めないやぁ)と思ったが、病院の先生たちにこっそり読んでいるのがバレていて、おばあさんが監視《かんし》にやって来たのではないかという気がして、これはもう、おとなしく従った方がいいと観念《かんねん》した。

せっかくリラックスしていたのに、いきなり見知らぬ他人が隣《となり》で眠ることとなって、落ち着かない。それでもイヤとは言えないので、仕方なくニコニコしていた。

お婆さんは、スウーッと自分が眠るベッドの方に進み、持ってきた荷物を広げ始めた。

「盲腸炎《もうちょうえん》だったそうですねぇ。もう痛みませんか？」

「はい。だいぶ良くなってきたと思います」

仕方なく、きちんとあお向けに寝て、舫は答えた。お腹のアーチの中に置いたマンガ本は、そうっとそのままにしてある。

でもお婆さんは、あれこれ舫の世話をやいてくれるわけではなく、ただ付き添って、隣のベッドで眠ってくれるだけのようだ。あまりこちら側に来ようとせず、自分のベッドに正座して、そのままの服装で休む様子……じゃあ私もこのまま眠ってしまおう。ウトウトして、やがてコトッと眠ってしまった。

何時ぐらいのことだろうか？

ふっと気づいて目が覚めた。

消灯《しょうとう》しているはずの部屋が薄明《うすあか》るい。声が聞こえる。ボソボソと呟《つぶや》くような声……

薄目《うすめ》を開けて、ぼんやり明るくなっている部分を見て、心の中でアッと声を上げた。

向こう側の壁に、大きな老婆の影《かげ》がぼうっと浮かび上がっている。ベッドの上の壁際に何やら祭壇《さいだん》が小さく作られ、左右に燭台《しょくだい》が置かれて蝋燭《ろうそく》が灯っている。その灯のせいで、部屋はぼんやり明るかったのだ。炎がメラメラと揺《ゆ》れ、正座したままのお婆さんの影が、それに合わせて不気味に揺《ゆ》らいでいる。

お婆さんは、祭壇の上の木のお札《ふだ》に向かって拝《おが》んでいる。長い長いお経《きょう》のような……でも舫には意味はわからない。

（これは一体何？　何でこんな夜中に？……一体何を拝んでいるの？……どうしよう?!いや、もうこれはこのまま眠ったフリをして、知らん顔をするのがいいよ……）

舫が起きていることを気づかれていないので、そのまま見なかったことにする。目を閉じてじっとして、最初はドキドキしていたが、そのうち本当に眠ってしまった。

次に目覚めたとき、すでに夜は明けていた。

お婆さんが開けてくれたのだろうか？　カーテンが開かれ、部屋はすっきりと明るく、朝日が差し込んでいる。向かい側のベッドには誰もいない。昨夜見た祭壇もお札もすべて消え、お婆さん当人もいなくなっている。

整頓《せいとん》されたベッドには白いシーツがピシリと掛《か》かっており、人が寝ていた気配はなかった。

（もうお婆さんは帰っちゃったのかなあ、ちょっと気味が悪かったけど、綺麗《きれい》にしていってくださったのかな）

そこに看護婦さんが入ってきた。

「おはよう。よく眠れた？」

「おはようございます。眠れました。ちょっと途切《とぎ》れ途切れだったけど」

「何で途切れちゃったの？」

そう訊《き》かれて、舫は困った。昨夜のお婆さんの行動は、秘密《ひみつ》の儀式《ぎしき》のようであったから、言うと病院からお婆さんは何か言われるかもしれない。それで、

「いろいろ考えごとしてたんです」

看護婦さんは笑って、

「そういうこと、私もあるある。ほんのちょっとしたことが気になって寝られない、とかね」

そうして舫の体温を測り、

「三十六度八分。まあまあ普通ですね。じゃあ朝ご飯をゆっくり食べてね」

と、朝食のプレートをテレビの下の引き出すテーブルに置いてくれた。

不思議ではあったが、お婆さんは静かな良い人だったし、朝には全て元通りになっていたし、これ以上騒《さわ》ぐこともないや、と呑気《のんき》に考え、読めなかった本やマンガを見たり、テレビを観《み》たりしていた。

午後四時頃になると、再び谷山先生が、今度はクラスの男子数人を連れて見舞ってくれた。

その中に中田よしおもいて、興奮《こうふん》のあまり、病院の廊下《ろうか》を走り出したりして、怒られながら入ってきた。けれど、病室では舫を見て、何故かおとなしくなり、神妙《しんみょう》な顔で、先生と日奈子のやりとりを聞いている。帰り際《ぎわ》、日奈子が他《よそ》からお見舞いにいただいたチョコレートの大缶を出して、男の子たちに、

「みんなそれじゃあ好きなのをいくつでも、取っていってね」

と勧めたら、先生は、

「じゃあ、ひとり五つずついただきなさい」

他の子が包み紙の色でまんべんなくキャラメルやらナッツ入りやら取ったのに、よしおは何と、よりにもよって、舫が後から食べようと楽しみにしていたコーヒーチョコレートばかり五つ、持って行ってしまった。

帰る時にだけ、ペコリとお辞儀《じぎ》をして。

「まったく、何てヤツだぁ！」

憤慨《ふんがい》する舫に、日奈子は、

「いいじゃない、折角《せっかく》見舞ってくださったんだし。分けてあげなさいよ。いいことあるわ

よ」

そうこうするうち五時となり、日奈子も家に戻り、再び夕刻《ゆうこく》となる。七時までの面会時間も終わり、七時四十分頃――

「コンコン」

ちょっとドキリとして、

「はい、どうぞ」

穏《おだ》やかな表情で昨日のお婆さんが入ってきた。

「こんばんは。今日もご一緒しますね」

舫は、その姿をよくよく見た。やはり昨日の紙袋を持っている。この中に昨夜のあの、拝むための道具が入っているのだ。でも表情も服装も全く普通で、とてもあんなことを夜中にする人には見えない。（私が驚くとは思わないのかなァ）とも思ったが、だいたい一体なぜ、何を拝んでいるのだろう。

（もう明後日《あさって》には退院するし、今日と明日だけだから、知らん顔して眠ってしまおうっと）

気持ちを切り替えて、明るく振る舞うことにした。

「じゃあ、おやすみなさーい」

と言って、布団を引っ張り、首元まで引き上げて目を閉じた。

「おやすみなさい」

お婆さんはまた紙袋をベッドの上に置く。

（昨夜と同じ展開だ。また真夜中にお婆さんはご祈禱《きとう》を始めるのかな。でもいいや。私は関係ないもの）

そう思ったのをまるで見透《みす》かしたかのように、

「あの……嬢《じょう》ちゃん、昨晩《さくばん》びっくりしたでしょう？」

と、突然話し掛けられた。

はい、とも、いいえ、とも言えず、思わず固まって黙《だま》っていると、お婆さんは、

「今晩もまた、少しうるさいけどお許《ゆる》しね」

そうしてまた、あの小さな祭壇やら燭台やら順に並べ始めた。そうっと頭をもたげて見ると、お婆さんはベッドの上に静かに正座している。壁の方を向いているので、どんな表情なのかはわからない。けれど気持ちを落ち着けて、じっと何かの思いに集中しているかのようであった。

その辺りで不覚《ふかく》にも本当に眠たくなってしまって、コトンと眠りに落ちたようだ。

気づくと、水曜の朝になっていた。

またもや隣のベッドは空になっており、人が付き添ってくれた感じは全くしないのだった。

午前中早い時間に日奈子がやってきた。

「今日は舷を学校に送っていったのよ」

病のせいで不登校気味の舷だが、時折《ときおり》気ままに出掛けていく。勉強の方は日奈子のサポートの甲斐《かい》あって、問題ない程度についていけているので、何とか体面は保《たも》てていた。加えて、今日は自分から行くと言いだして、母も機嫌《きげん》が良かった。

「へー、行ったの。良かったね」

「何かね、やりたい科目があったらしくて。おそらく音楽か何かじゃないかと思うんだけどね」

「あぁ、この頃《ごろ》いろんな楽器できてるしね」

舷は病気で学校を休んでばかりいるうちに、家でオルガンなどを弾けるようになり、弾く時に踏《ふ》むペダルも右足だけ器用に使って演奏を楽しんでいた。手の方はもともと器用なのか、汀に似《に》て音楽好きなのか、なぜだか上達が速く、上手かった。

兄の舷が病を克服《こくふく》してくれることが願いだ。

父はお仏壇《ぶつだん》を拝《おが》むとき、自分の願いごとばかりお願いせず、ご先祖様たちの幸せも祈りなさいと言っていた。その祈りの心は、まごころとなって、すべてのことに通じていくのだろうか。

はっと思い出した。

夜付き添《そ》ってくれるお婆《ばあ》さんのことを。

「お母さん、私言うの忘れてたんだけど、夜、付き添いのお婆さんが来てくださってるの」

「まあ、そうなの？　じゃあ病院の方で手配してくださったのね。どんな方？」

「優しいお婆さんだよ……月曜から、今日までじゃないかな」

「じゃあ三日間お世話になるわけね。そしたら、お母さん、今からちょっと駅前に出て、その方にもお礼の品物を用意してくるわ。明日退院の時にお渡しできたらいいものね」

夜中にご祈禱が始まる話はしなかった。母が変に思って心配させてもいけないし、心配するようなことでもないと思ったから。

日奈子は舫にお婆さんの特徴《とくちょう》を聞いて、それでイメージしたプレゼントを考えているらしい。午後にもう一度ここに戻ってから、その後すぐに舷を学校に迎《むか》えに行くと言って出掛けていった。

明日には退院、帰宅する。一週間ぶりの我が家はどんな感じかな。入院ばかりしていた舷の気持ちが少しだけ理解できる。気むずかしくて、病気を武器《ぶき》にわがままな兄だと思うけれど、私の解らない苦しみがあるのかもな、とも思う。

この日もあっという間に午後となり、夕方少しの間、日奈子が戻っていたが、明日の退院時の舫の服や、もう要《い》らないテレビを明日汀《みぎわ》が会社に返すことなど、次々と段取《だんど》りが決まって慌《あわ》ただしい一日だった。

夜になった。検温その他、全て終わって八時。

「コンコン」

「はい、どうぞ」

「こんばんは。またご一緒いたします」

お婆さんは、今日は少し改《あらた》まった穏《おだ》やかな口調で言った。すうっと舫の方に来て、

「嬢《じょう》ちゃん、あなたは……いつも人のお世話をしてきましたね。みんなのことを考える思いやり深い子供。まごころのある子供さんですね」

微笑《ほほえ》んでくるりと向きなおり、ベッドの上にお道具を並べ始める。お札《ふだ》を壁に立てかけ、蝋燭《ろうそく》を灯す準備を進めていく。そして、

「拝《おが》ませていただくのは今日で最後です。でもこれが済《す》めば満願《まんがん》、というもの」

舫は、なぜこの人は自分を見抜いたようなことを言うんだろう？　満願《まんがん》とは何だろう？

と思った。

布団をはぐって身体を起こし、尋《たず》ねてみた。

「何を拝んでおられたのですか？」

お婆さんは、

「嬢ちゃんのような方が未来永劫《みらいえいごう》悪いことにならないように、あなたの身体を切らねばならないようなことがこのあと一度も起きないようにって拝んでいます」

と答え、

「私が嬢ちゃんに、まごころを込めて祈らせていただきます。嬢ちゃんのこれまでみなさんに配られたたくさんのまごころへの、お返しの分ですよ。これからも分けてあげたり、いただいたり、というのができるだけ多い方がいいですから」

と、嬉《うれ》しそうに言った。

舫は消えてしまった春の日の小山親子のことを思いだした。あの日、あの不思議な一日で小山親子には二度と会えなかったけれど、「ありがとう」のやりとりだけはできたのだなあと思っている。

（私がまごころでおつきあいしようとしたことがちゃんと伝わったから、ありがとうと言われたのかな。ありがとう、の言葉の後ろにはまごころが隠《かく》れているのかな）

そんなことを考えているうちに、お婆さんは蝋燭《ろうそく》に火を灯《とも》し、静かに正座して、拝むことに集中し始めているのだった。舫はその後ろ姿を見つめながら一緒に心を落ち着けて、この老婆にも、ありがとうという気持ちを送った。

そしてこの夜は、ご祈禱が終わるまで起きていた。もう壁に映《うつ》る影もお祈りの声も、恐ろしくない。一時間ほども経っただろうか。

拝み終わって振り返った彼女は、舫が一緒に起きて頭を垂《た》れているのを見て、

「あれま、嬢ちゃん、これはいけない、眠ってください言うの忘れてました。退院といってもまだ身体を休ませねばいけません。今からでもゆっくり眠ってくださいね」

「どうもありがとうございました」

自然と口からお礼の言葉が出た。自分のことを思ってしてくれていたのに、気味悪く思ったりして申し訳なかったと舫は思った。

「これで大丈夫です。私が、まごころをお分けしましたから。さあもう早く休みましょう。

明日はお家へ戻るのですから」

お婆さんの笑顔を見つめているうちに、幸せで安心な気分となり、舫は深い眠りへと誘《さそ》われていった。

そして退院の日の朝——目覚めるとすぐに横のベッドを見た。やはりすっきりと片づいて誰もいない。少しだけ開いている窓《まど》の隙《す》き間から朝の爽《さわ》やかな風が入ってきて、カーテンが緩《ゆる》くはためいている。

いよいよ今日で、このお部屋ともお別れだ。生まれて初めての手術と入院。たった一週間といえばそうだが、長かったような、短かかったような。久々に戻る家は、どんな感じだろう。「時が止まったかのようになっている自分の部屋」など想像して、早く見てみたいなどと思う舫であった。

今日はこれから傷口を縫《ぬ》った糸を取り除《のぞ》いてもらい、それで完了。しばらくは安静に生活するが、夏休みに入るので無茶をしなければ徐々に治っていくだろう。

清水先生と看護婦さんが入ってきた。

「おはよう。さあ、いよいよ抜糸《ばっし》して終わりだからね」

おへその右下に三センチほどの傷《きず》があり、ヨード消毒剤などでパリパリになった糸が埋《う》ま

っていた。先生は消毒液を綿に染《し》みこませて傷の上から拭《ふ》き、ピンセットでペリペリと糸をはがすように抜き取って、

「はーい、ちょこっとピリピリしたかもしれないけど、終わったよ」

看護婦さんが、

「もうちゃんと皮膚《ひふ》がくっついていますからね。お風呂も入って大丈夫よ」

日奈子と汀がほどなく部屋に到着して、

「先生、どうもお世話になりました」

「ああ、いえいえ。順調に完治されましたよ。抜糸も済みましたし。これで元の生活に戻れば体力もすぐに回復されるでしょう」

と言い、

「これから十キロくらい体重が増えるよ。ごはんも美味しく感じられるよ」

と、舫に微笑《ほほえ》んだ。

「ところで、付き添いの方のことなんですが」

日奈子がお礼の品の包みを手に切り出した。

「付き添いの方?……」

「はい、この子が三日間、夜に付き添っていただいたそうで……」

清水先生と看護婦さんは顔を見合わせて、まず舫に、

「夜、誰か入ってきたの？」

「どんな人が？」

舫は正直に、

「お婆さんです。紙袋を持った……」

それを聞いた清水先生は、看護婦さんに、

「ちょっとナースステーションに問い合わせて」

と指示。看護婦さんは頷《うなず》いて出ていく。

日奈子は清水先生に、

「あの……付き添い婦《ふ》の方ではなかったんでしょうか？」

そして舫に、

「本当に毎晩いらしてたの？」

横から汀が、

「いや、何かの勘違《かんちが》いかもしれんで。舫、お前、寝とぼけとったんやないのか？」

「ううん、違《ちが》うよ。月曜日からずっとそっちのベッドで寝てくれてたんだもの」

そこへ看護婦さんが戻ってきて、

「誰もお願いしてないそうです」

全員が黙《だま》った。一瞬何とも言えない空気が立ちこめたが、日奈子が口火《くちび》を切って、

「ああ、じゃあきっと子供の思い違《ちが》いだと思います。失礼《しつれい》いたしました」

「なにぶん、子供なんで。一人にしておいたものですから、夢でも見たんやろと思います」

汀もそう言って、二人で事を封印《ふういん》してしまった。

先生たちが部屋を出ていくと、日奈子は舫に、

「お礼の品物買ってきちゃったでしょ。これなんだけど……」

と、バリバリと包みを開けた。中から植物をモチーフにした折りたたみバッグが出てきた。透明感《とうめいかん》のあるナイロン生地《きじ》に、ブルーやグリーンの葉や蔦《つた》の柄《がら》がちりばめられていて、夏らしい爽《さわ》やかな品だ。

あのお婆さんには少し派手《はで》かもしれない、と舫は思った。すると日奈子は、

「差し上げる方が舫ちゃんの勘違いでいなかったのなら、お母さんが使っちゃおうっと！」

と、茶目《ちゃめ》っ気《け》たっぷりに言った。きっと日奈子は自分の好きな品を選んだのだなと思った。

そして舫を一人にしたことを、やはり悪かったと思ってくれている。

テレビを片づけて、箱に元通りにしまおうと苦戦している父の姿を見ながら、舫は考えていた。小山親子の時と同じく、またしてもいるはずのない人が自分に接してきたのだな、と。

小山さんには面倒を見てあげて喜ばれたかもしれないけど、あのお婆さんからは、何かとても大切なものを逆にいただいた気がする。

それが何なのか、どういう意味を持っているのかは、知る由《よし》もないけれど。

久し振りに戻った家や舫の部屋に大きな変化はなかったけれど、珍《めずら》しく舩は学校に行っていて、この後《あと》日奈子が迎《むか》えに行くらしい。

汀は荷物だけ置くと、タクシーでテレビを持って再び会社へ仕事に出掛けて行った。

日奈子と二人、平日の昼過ぎを家《うち》で過ごす。

「ねぇ、さっきの付き添いの人のことだけど、本当はどうだったの？」

「うん、本当に来てたよ。毎晩……お婆さん」

「実は病院荒らしの泥棒《どろぼう》とかじゃなかったかと思うのよ」

「違うよ！　絶対違う……だって……」

そこまで言って、舫は言葉をのみ込んだ。

泥棒が蝋燭《ろうそく》を立てて拝《おが》んでくれるとは思えない。でも拝んでくれた話をすれば、今度は母は怪《あや》しい宗教《しゅうきょう》のお誘《さそ》いかも、と言うだろう。

私にしか見えない人たち。

私しか知ることのできない良き心の秘密。

「まあいいわ。元気になって良かったわ」

日奈子が明るく、嬉《うれ》しそうに言った。

（いるはずもない人の祈りのおかげで、今ここに母と坐っているのだ）

舫はそんなふうに感じていた。

夏休みが近い。まだ少しだけフラフラする身体で、夜、夕涼《ゆうすず》みに砂利道《じゃりみち》を汀と歩く。坂道の下の街が見える側に家はなく、空き地なので、街の夜景《やけい》が美しく広がっている。空き地には暗がりの中、ポツリポツリとこれからまだまだ大きく育つ向日葵《ひまわり》の眠っているようなシルエットが、夜風《よかぜ》に揺《ゆ》れていた。

秋の友情

盲腸《もうちょう》の手術をしてくださった清水先生の言ったとおり、術後の舫《もやい》は日に日に健康を取り戻し、以前より食欲も増《ま》して体重も増《ふ》え、みるみる元気になった。三ヶ月も経つうちに、身長も伸びてひと回り大きく成長している。

入院騒動で一学期が尻切《しりき》れトンボとなったまま夏休みに突入したあと、九月に再び登校する頃には、より大人びて、成長した舫の姿にみんな驚《おどろ》いていた。守屋文《もりやふみ》ちゃんなどは、夏休み中も舫と何度となく遊んだりして交流があったのだが、見る見るうちに大きくなる舫に背《せ》丈《たけ》が追いつかれそうになって、二人で並んで歩いていると、もうどちらが上級生かわからないぐらいである。そうして十月中頃のこと。

「舫ちゃん、本当に背が高くなったね。もう私、追い抜かれそうだよねぇ」

「でも体重も増えちゃったから、お母さんからお菓子《かし》の食べ過ぎよって言われちゃってさ。だけどやめられないよね。チロルチョコとか、おせんべいとかさあ」

「今度また一緒に買いに行こうよ。与田商店に新しいクリームパンとかあったから」

そんな話をしながら学校に通う。季節は十月。登校中振り返ると背後の山は紅葉《こうよう》している木が多くなり、パッと見ると赤、オレンジ、黄色の混ざり合う秋の風景ができあがっている。そして、もうカーディガンや上着がなくては、夕方になるとスッと冷え込んでくるのであった。

四年三組へと廊下《ろうか》を歩き、前の扉《とびら》を、

「カラカラカラ」

いつものクラス。もうほとんどの生徒は席に着いている。舫の地区が学区のなかで一番遠いので、いつも到着が遅めになってしまうせいだ。

(おや？)

前から四番目、舫の後ろの席が空席《くうせき》になっている。そこにいつもいるはずの本多《ほんだ》さんは、一番後ろに追いやられている。

（と、いうことは……また⁈）

思わず舫は隣《となり》の席を見る。中田よしおは、……元気に坐っている。舫を見て、

「よお」

と言って、いつものように落ち着きなく机を両手で持ってガタガタ揺《ゆ》らした。

「なんで後ろに行ったの？」

本多さんに直接尋《たず》ねてみる。と、

「先生が、転校生が来るから代わってあげて、言うたんよ。私、目が悪いから後ろだと見えんで困るっちゃ」

浮《う》かない顔で答えた。舫は、これはまた幻《まぼろし》の一日が始まるのかもしれない、と身構えた。

教室を見渡してみる。別段おかしな変化はない。窓の外の景色も、今日持ってきている教材も、思わず確かめる。絵の道具をみんな持参《じさん》している水曜日だが、これもちゃんと全員机の脇に絵の具箱を引っ掛けている。

後ろの空席《くうせき》を振り返って見つめていたら、よしおが横から、

「どうしたん？　今日誰か来るらしいで」

と言ったので、今のところ幻想《げんそう》ではないようだ。

「おはようございます」

「先生、おはようございます」

全員立ち上がって谷山先生に挨拶《あいさつ》した。

「出席を取る前に、今日はね、新しいお友達が、このクラスに入ることとなりました。佐藤君、どうぞ」

小山さんの時と同じく、半開きの扉の向こうから一人の男子がスッと入ってきた。

背が高く、大柄《おおがら》で健康そう……小山さんとは大違いだ。といっても、小山さんを知っていて比べているのは舫だけなので、他の子たちはしーんと静かにこの転校生を見つめている。

クラスのみんなとの最初の出会いを取り持つかのように、先生が、

「佐藤久志《ひさし》君よ。北陸の新潟《にいがた》県から、お父さんのお仕事の都合で移ってこられたのです。みなさん、いろいろ教えてあげてね」

「佐藤久志です。よろしくお願いします」

自分から落ち着き払って言い、頭を下げた。みんなもつられるように席を立って、

「よろしくお願いします」

谷山先生も、

「はい、仲良くできそうですね。では佐藤君、そこの前から四番目に坐ってください。出席を取ります」

すっと舫の横を通り、後ろの席に着いた。

あ行《ぎょう》の生徒が、相川《あいかわ》、赤池《あかいけ》、阿部《あべ》と続いて、石田《いしだ》、磯辺《いそべ》、市川《いちかわ》さんの次、

「一ノ瀬舫《いちのせもやい》さぁん」

「ハイ」

先生に返事をした途端に、後ろから、

「ね、ねぇ……」

転校生が舫の背中をつつく。

「何？　何ですか？」

「君、一ノ瀬っていうの？　ヨロシク。いろいろ教えてね」

こっくり頷《うなず》いて、一時間目の国語に集中したい舫、なのにすぐにまた、

「ねぇ……一ノ瀬さん、一ノ瀬さん、消しゴム持ってる？」

「……どうぞ」

ササッと振り向いて消しゴムを後ろの机に置く。するとまた、

「ありがとう……あのさぁ、国語の次は何？　何時間目で給食？」

「次は理科で理科室に行くの！　四時間目終わったら給食よ！」

小声で大急ぎで答えた。それでもまた、

「なぁんだ、前の学校とおんなじだ……ねぇねぇ、今日は絵の授業もあるんでしょ、僕、道具持ってないから貸《か》してもらえないかなぁ……」

（ちょっと今、静かにしてよ）と言おうとして振り向いたところで、

「一ノ瀬さん、授業始まりますからね」

と、先生に静かにするよう窘《たしな》められてしまった。

舫が話しかけていると先生は思ったようだ。

（ああ嫌《いや》だ、なんてお喋《しゃべ》りな人なんだろう！）

その後も、ことあるごとに話しかけてくる。

舫に集中的に。

みんなに親切に、と思っている舫もさすがにちょっとイライラしてきて坐っていたら、ポンッと消しゴムが机の上に投げつけられて、見ると、中田よしおだ。

「消しゴム、返してもらっとらんやろ」

と、腹を立てているかのように言い、こちらもなんだか機嫌《きげん》が悪い。舫もありがとうと素直に言えず、

「投げなくてもいいでしょ！」

と返す。本多さんも舫のところに来て、

「ねぇ、先生また元の席にしてくれんやろか？　あの佐藤君って大きいから、後ろに行ってもらった方がいいと思うんやけど」

などと言う。

（私だってできるならそうしてもらいたい）

何だか佐藤君の出現《しゅつげん》によって、周りの人の空気がギクシャクして、本人に悪気《わるぎ》はないのだけれど、それだけに厄介《やっかい》だと思えてくる。

でも先生からは、小山さんの時のように「面倒みてあげて」とは言われていないのだし、それなら親切にするもしないも私の自由だ、とちょっと意地悪《いじわる》な気持ちになってしまった。

それで理科室では離れて坐り、給食は知らん顔、となるべく距離《きょり》を作るようにした。

けれど、逃げれば逃げるほど、佐藤君は、

「ねぇ、一緒に給食食べようよ。給食当番はどうやって決まるの？」

などと、ことあるごとに追って話しかけてくる。

見ていると、他の人にはあまり話しかけないのに、舫にだけしつこいのだった。

舫の方は、小山さんに抱《いだ》いた親切な気持ちが、佐藤君には全く湧《わ》いてこない。

それどころか、何とか先生にお願いして、本多さんを元の席に戻してあげたい、と、そのことばかり思っていた。

そして授業は終わり、帰宅の時間。終わりの会のあと解散となると、佐藤君の方から、

「一ノ瀬さぁん、どこに住んでるの？」

その頃にはもう彼の声を聞くのもイヤになっていたので、黙《だま》って答えず行こうとすると、

「一緒に帰ろうよぉ」

「私、今日は用があるから」

と言って逃げようとすると、

「何の用事？　僕もついていってもいい？」

「ダメ！」

走り出す舫を後ろから追ってくる。これは嫌《いや》だ。舫が用と言ったのは本当で、校門の前にある文房具屋でノートを買い足すつもりだった。それから与田商店で、文ちゃんの言ってい

たパンを見たり、おばあちゃんがいたら話をしようと思っていたのだった。なのに、しつこい佐藤君に下校時の楽しみまで台無《だいな》しにされてたまるか！　という気分が最高潮に達し、

「ちょっと。もういいかげんにしてよ。何でそんなにしつこいのよ。私は一人で帰りたいの。ついてこないでよ！」

と、怒鳴《どな》ってしまった。

「あ、ごめん……」

やっと嫌《きら》われていることに気づいたのか、佐藤君は静かになった。

「とにかく、じゃあさよなら」

何とか振り切って、舫は一人で校門を出て、そのまま文房具屋へ入り、ノートを二冊買った。

今日は絵の道具があるので荷物が多い。道端《みちばた》で一度ランドセルを下ろし、買ったノートをしまい、担い直して再び歩き始める。

そのまま五百メートルほど行くと、例の公園の下まで出られる。けれどここで舫は気まぐれを起こし、違う道で帰ろうと、右の住宅街の方へ曲がった。その住宅街の中に鬼ヶ島《おにがしま》と日奈子が名づけている立派なお屋敷《やしき》があって、その家をちょっと見てみたくなったのだ。なぜ

鬼ヶ島かというと、そのお宅の石垣がものすごい大岩でびっしりと固められていて、遠くから見ても迫力満点、まさに鬼ヶ島といった感じなのだ。黒い厳《いか》つい鉄のゲートがいつも閉《し》まっていて、その向こうの敷地《しきち》の内側にも延々と庭園が続いている様子だった。そしてその鉄ゲートの一ヶ所に通用門《つうようもん》のような、黒い鉄板のドアがあり、ノブのところに「猛犬《もうけん》に注意」というプレートが貼《は》られている。実際、時々だが、大型犬のウォンウォン鳴く声が公園にまで響《ひび》いて聞こえることがあって、日奈子と、「すごく大きな犬だろうね。シェパードかなぁ」と噂《うわさ》したりしていた。（シェパードだったら見てみたいなぁ、テレビで見た名犬ロンドンみたいな犬かな？　だったら賢《かしこ》くて可愛いんだろうな）などと想像して、そのお宅《たく》自体にちょっと憧《あこが》れていたのだ。そこを通っても、さらにどこかで左に曲がれば公園に出られるので、少しだけ遊び心を起こしてその邸宅《ていたく》を見に行ったのだった。

秋ともなると、三時をまわると日差しは長いが空気は乾《かわ》いてうっすら涼しい。道路にはところどころに紅葉した葉っぱが舞い落ちている。

やがて遠くの左側に、巨石《きょせき》が積み上がったかのような石垣が見えてきた。

（さあ、そうっと眺《なが》めていこうっと！）

と、足早に黒い鉄ゲートに近寄った瞬間！

「ガルゥ、ウー、ウー」

低い唸《うな》り声が聞こえる。パタパタと調子よく近づいていた舫は、ギョッとして足を止めた。

唸り声と同時に、ハッハッという獣《けもの》の息づかいも聞こえてくる。

通用門の扉が半分開いていた。その前あたりに全身真っ黒の細身の大型犬が放し飼いで二頭、坐っており、舫の方を見て白い牙《きば》を剥《む》いていた。

足が竦《すく》んで動けない。

いや、走っては駄目《だめ》だ。こんなに大きくて怖い犬、シェパードなんかじゃない。

舫は何もかも放り投げて、飛んで逃げたかった。が、そんなことをしたら追いつかれて、飛びかかられて、噛みつかれてしまう。第一、距離が悪い。後ろに下がってそうっと逃げるには、もはや近すぎる。まさか犬が放たれているとは思わず、この家の前まで来てしまったからだ。

助けを呼びたいが、誰もいない。呼んだところで、猛犬二頭に立ち向かうのは大人でも難しいだろう。

犬――ドーベルマン二頭は、もはや腰を浮かせ、前傾《ぜんけい》姿勢となり、飛びかからんばかりだ。

万事休す――

と、突然、大きな明るい口笛の音が聞こえた。

それと同時に、犬たちの耳がピクリと動き、注意が舫から逸《そ》れた。

舫の後ろ、犬の視線の先に佐藤君が立っていた。

佐藤君は勢いのある鋭《するど》い音で、

「ピィーーッ、ピュー－ーッ」

と、もう二回吹いたあと、全く臆《おく》さず、スウーッと舫の前に出て、右手を高く掲《かか》げ、犬たちに手のひらをかざして、キリリとした声で、

「はい、シット《sit》！」

と言った。背丈があって、朝、みんなにしていた挨拶《あいさつ》の時のような、しっかりとした声なので、まるで大人のように落ち着いて見える。

二頭のドーベルマンはまたたく間に、命令《めいれい》に従う忠実《ちゅうじつ》な犬となり、彼の指示通り、すうっと坐った。すると小声で舫に、

「犬の目を見ないで。そのまま静かに、歩いていって」

舫は言われたとおり、くるりと向きなおり、音を立てないように引き返した。足がガクガクして、まともに歩けない。

相当歩いてから恐《おそ》る恐る振り返ると、佐藤君は手をかざしたまま、犬たちを止め続けている。

（大変！　誰か大人の人に連絡しなくちゃ！）

そう思って、与田商店へと走ろうとしたが、もう一度振り返ってよく見ると、佐藤君は舫が完全に離れたのを見て、

「はい、スティ《stay》！」

と、別のコマンド《command》をかけ、犬のそばに寄ると半開きのドアを大きく開けて、

「ゴートゥハウス《go to house》！」

二頭の犬は、おとなしく扉の向こうに入っていった。犬たちが入ると、扉を閉めて外側のノブをしっかり引きながら、インターホンを押して何か喋《しゃべ》っている。それが終わると家の中から中年の女性が出てきて、彼にペコペコお辞儀《じぎ》をしていた。

話をすませると、佐藤君は明るい顔で舫のところに走ってきた。

「佐藤君、大丈夫だった？」

「全然平気。犬は慣れてるから。飼ってたことがあるんだ。あの家、ドアが開けっ放しになってたんだよ。逃げちゃってたら大変なことになってただろうから、良かったよ」

「さっき犬に何て言ったの？」

佐藤君の使った英語がわからなかったので、舫は尋《たず》ねた。

「すわって。そこにいて。家に入りなさいって言ったんだよ」

「あれは、英語？」

するとあっさりと、

「そう。前住んでたところで英語習ってたから。アメリカ人の宣教師《せんきょうし》っていう、教会の牧《ぼく》師《し》さんのお家《うち》で」

「じゃあちゃんと喋《しゃべ》れるんだ。スゴイね」

彼はふふっと笑って、

「さっきの犬、ドーベルマンっていうんだよ。今はスピッツとかシェパード、コリーなんかは見かけることが多いけど、ドーベルマンってドイツの犬なんだ。立派なお家だけど、開けっ放しで鎖《くさり》も付けてないなんて、危ないよね」

「二匹もいるなんてビックリしちゃった……あの、どうもありがとう……」

しつこい佐藤君が嫌《いや》で逃げてきたのに、助けてもらってきまりが悪かった。

でも何だか――さっきのあの彼の堂々とした態度には驚《おどろ》いてしまった。私に牙《きば》をむいていた犬たちも見る間に言うことをきいたし。

本当に良かった。何ごともなくて。

今になって心の底からホッとして黙《だま》ってしまっている舫を見て、

「一ノ瀬さんこそ大丈夫？　恐かったでしょ。家はどこなの？　この近く？」

「え、ああ、うん、すぐそこの先の坂を登《のぼ》ったところなんだ」

「なあんだ、僕も同じ場所だよ」

そしてよく聞いてみると、舫の家の真向《まむ》かいのアパートに、先週末に越して来たそうだ。

それなら朝の登校も一緒になるだろう。他の女の子たちは、男の子が混ざると何か思うのかもしれないが、先ほどの件で佐藤君は、舫の心の中では、しつこい嫌な男子から、頼りがいのある友人に一気に格上《かくあ》げとなった。

与田商店に寄り道して、佐藤君をおばあちゃんに紹介《しょうかい》する。

「まぁ、新しいお友達。それは楽しくなってよかったねぇ。じゃあ今日は、ばあちゃんから特別にプレゼントするよ。おやつにお食べ」

と、チョコレートを一枚ずつもらった。

家の前で、ここが私の家だよ、と教え、じゃあまた明日ね、と別れた。最初はよく喋《しゃべ》ってしつこそうに見えたけれど、よく接してみると佐藤君は物知りなのにそれをひけらかさず、勇気も落ち着きもある子だということが判《わか》って、すっかり見方が変わってしまった。

家に入っても、今日の出来事——猛犬から救《すく》ってくれた彼のことばかり考えてしまう。最初はあんなに嫌《いや》だったのに、今は明日会えるのが楽しみになっている。

舫はどうやら彼に、一目惚《ひとめぼ》れ、ではなくて、一日かかったのだから、一日惚《いちにちぼ》れしてしまったらしい。そして何しろ彼はすぐ近くに住んでいるのだから、ますます嬉《うれ》しい。

何だか不思議なウキウキした気分になって、ポーッとしていたら、

「舫、今日は何かふわっとしてるわね、どうしたの？」

と、日奈子に見破《みやぶ》られそうになった。

「う、ううん、何でもないよ。あ、お母さん、下の鬼ケ島のお家の犬、二匹いてね、今日放れてて危なかったんだよ」

「ええっ、大丈夫だったの？」

「うん、転校生の佐藤君がね、助けてくれたんだ。あの家の犬、ドーベルマンっていう種類だって。シェパードじゃなかったの」

「えっ！　ドーベルマン！　そんな危険な犬放すなんて……それは自治会《じちかい》にお願いして、

注意してもらわないと。もう行っちゃ駄目《だめ》よ」

日奈子は驚いていたが、佐藤君があんな恐ろしい犬をあっさりと二匹もコントロール《control》して、何ごともなく収めたのを目の当たりにしたら、もっとびっくりするだろう。

この日は舫にとって衝撃的《しょうげきてき》な一日だった。

それは、突然自分の心の中で湧《わ》き起こった、佐藤君に対しての、今まで経験したことのない気持ちを知った一日でもあった。


翌日、ウキウキして集団登校の待ち合わせに飛び出した舫だったが、彼の姿はなかった。すわ、またもや小山さんの時のような事態では、と疑ったりしたが、上級生の女の子が、

「今日から佐藤久志君が加わる予定でしたが、カゼでお休みだそうです。では並んでください」

と言っていたので、彼は幻《まぼろし》ではないな、とホッとした。

学校が終わり、帰宅してから先生に頼まれた連絡プリントなどを持って向かいのアパートを訪ねてみた。

佐藤君の家は、小山さんの時と違って、白壁《しらかべ》に黒鉄《くろがね》でできたフェンスのついているお洒落《しゃれ》

な造《つく》りで、アパートというよりテラスハウスに近い。横に連続六軒《けん》でつながっており、戸別《こべつ》にそれぞれの玄関ドアの前に、車が停車できるスペースがあり、一番手前の彼の家の前には銀色の自転車が一台置かれていた。

普通の買い物カゴ付きの新しい自転車。

佐藤君はこれに乗っているのだろうか？

舫は羨《うらや》ましいと思った。舷《げん》が乗れないため、何となく家の中で自転車の話はご法度《はっと》だったから。体育が得意な舫は友達が乗っている自転車が羨ましく、自分も欲しくて仕方がなかったのだが、舷に悪いと思ってねだるのを控《ひか》えて、欲しいとも言い出せずにいた。そしてそのまま四年生になってしまった。本当はもっと早くからどんどん乗りたかったのだが……。佐藤君の家の前で、美しく銀に輝く車体《しゃたい》に思わず見とれていると、

「あれ、一ノ瀬さん」

玄関脇の小さな窓から声が聞こえ、内側からドアノブが動き、佐藤君が顔をのぞかせた。

「あ、持ってきたよ。今日のお知らせ」

「ありがとう。今日熱が出て休んじゃったんだ」

「大丈夫？　今も休んでたの？」

「うん、カゼだって。でももうだいぶ良くなったんだ。明日は行けると思う」

「良かったね……じゃあまた明日ね」

家の中に人の気配はなく、どうやら一人で休みながら過ごしていたようだ。舫の顔を見て嬉《うれ》しそうだったが、まだ少し疲《つか》れた感じがしていたので、あまり長居《ながい》をしては悪いなと思った。

お知らせのプリントを渡して、明日また会えるのを楽しみに、横目《よこめ》で自転車を見ながら帰ろうとすると、

「自転車持ってるの？」

佐藤君が尋《たず》ねた。

「ううん、持ってないし、まだ上手く乗れないけど、乗ってみたいなと思ってるんだ……」

正直に答えると、運動靴をつっかけ出てきて、

「今ちょっと、乗ってみる？」

「えっ、今はいいよ、悪いから……。カゼひいてるんでしょ」

「いいって、いいって」

と言いながらスタンドを外し、

「サドル低い方がいいんじゃない?」

サドルの根元のレバーをくりっと緩《ゆる》めて、トントン、と下げ、舫の坐る高さに合わせてくれた。思わぬ展開で、憧《あこが》れの自転車に挑戦《ちょうせん》だ。

そっと跨《また が》ってみる。足は地面につけたまま、ハンドルを握《にぎ》り、ブレーキをかけてみる。カシッと固い感触《かんしょく》でよく利《き》きそう。右のペダルを踏《ふ》みこむ位置に合わせた。ペダルに右足をのせ、踏みこむと同時にバランスをとり、そのまま漕《こ》ぎ続ける体勢を維持《いじ》しなければならないが、ここでグラグラとハンドルがぶれて、自転車を倒してしまった。

「おっとと、大丈夫? ケガしなかった?」

舫は上手く飛びのいて逃《のが》れたが、

「ごめんなさい……やっぱり急には無理だね。私、補助輪《ほじょりん》付きも乗ったことないから……」

「小さい頃、乗ってなかったの?」

「うん。買ってもらったことないから……」

彼はそれ以上は何も聞かずに、じいっと自転車を見つめ、何かを考えていたが、

「それならねぇ、例えばさあ……」

舫とバトンタッチして跨《また が》り、漕ぎだして、ペダルを水平にして立ち上がり、そのまま静止。

ピタリと止まっている。

両手の力を抜いて腰から下で固めて止める。全くグラグラせず、このままいつまでも止まっていられそうだ。

舫は曲芸《きょくげい》を見ている心地《ここち》で、佐藤君の技術に見とれていた。

（いいなあ、すごいなあ。私もそんなふうに乗りたいけど、持ってないからなあ……）

ピタリと止めてみせた自転車で、そのまま前の砂利道《じゃりみち》に出てスイスイ進み、坂が下り始める手前で輪を描《えが》いて戻ってくることを数回繰《く》り返した佐藤君は、舫の前に来て止まり、

「なら、これで練習すればいいよ。貸《か》してあげるから、乗れるようになるように、学校から帰ったら練習してみようよ」

思いがけなく自転車に乗れるチャンスを得《え》た舫は、次の日の夕方から佐藤君と猛練習《もうれんしゅう》を始めた。

まず、右足をペダルにのせて踏み込み、漕ぎ出し、そのまま腰を安定させて漕ぎ続ける。ここで転んでしまうのでは、と恐がってはいけない。このバランス感覚が理屈《りくつ》ではなく、身体《からだ》で覚えねばならない一番肝心《かんじん》なところだ。

そのままバランスをとりながら、周りの状況——道に沿《そ》って物にも人にもぶつからず、不

意の他者の動きにも対応しながら進む。

「自分の周りだけ見てちゃダメだよ。肩や手に力《ちから》が入ってると腕《うで》がじゃましちゃうから。力を抜いて、サドルを挟《はさ》むことで安定させるんだ」

そして佐藤君は、自転車に跨《また》る舫の横で車体を支《ささ》え、ぐらついて転びそうになってもしっかりと押さえていてくれた。

その甲斐《かい》あって、徐々《じょじょ》に走れる距離が延《の》び、段々コツが掴《つか》めてきた。そうなると、家の前だけでは走り足りず、ついに砂利道《じゃりみち》を下り、公園の脇道《わきみち》までもコースとして走れるようになった。

舫は今まで、誰にもこんな形で親身《しんみ》になってもらえたことはなかったな、と思う。佐藤君はまるで肉親の父や兄にも勝る細やかな心遣《こころづか》いで、舫の目的達成に力を貸してくれる。

そして本当は、舷《げん》がこんなふうな兄だったらどんなにいいかと思わずには、いられない。

練習が楽しく、佐藤君が本当に懸命《けんめい》に協力してくれるので、舫にとって放課後《ほうかご》は至福《しふく》の時だった。夢中になって自転車練習ばかりしている舫に、遊んでもらえなくなった文ちゃんは、呆《あき》れながらも、

「急にボーイフレンドができちゃって、私とたまにはピアノの連弾《れんだん》しようよ！」

などと言いながら、時折《ときおり》舫の練習を見に来てくれるのであった。

そして、一ヶ月ほど経《へ》て十一月も中頃、

「じゃあ、またあとでね～」

「うん、あとでね」

すっかり親しく打ち解けた佐藤君と一緒に下校した舫が、

「ただいまあ」

と、玄関の扉を開けると、

「…………⁈」

新品のブルーフレームの自転車が……！

二十六インチの前カゴ付き。佐藤君のと同じサイズだ。

「ちょっとお誕生日《たんじょうび》は早いけど、お父さんとお母さんから。いや、いつもお借《か》りしてるから、佐藤君のお母さんにお礼を言いに行ったの。そしたらあんたの話になって、逆にお礼言われちゃったのよ。佐藤君、一人っ子な上に、あちこち転校していて友達がずっとできなくて悩《なや》んでいたんですって。寂しがりやさんらしいわよ。舫がクラスで思いやりがありそうだと、一目《ひとめ》で気に入ったって、お母さんに話してたんだって」

彼はそんなふうに思っていてくれたのか……と、嬉《うれ》しさがこみ上げてきた。佐藤君との交流ができ、友情が生まれたことで、長年叶《かな》わなかった自転車に乗る夢もまた、今、目の前に現実となっている。

「でも、私だけ買ってもらっちゃって……舷が乗れないのに……」

こんな格好《かっこう》いい、美しい自転車を私が独《ひと》り占《じ》めにして、いいものなのか……

日奈子は、きっぱりと、

「いいのよ。舷は舷。あなたはあなた。今まであなたがどんなに舷に気を遣《つか》い、まごころ込めて接してきてくれたか、お母さんは知ってるから。心おきなく乗ってちょうだい。大丈夫よ、今日は舷もじきに戻ってくるようだけど、気にしなくていいからね」

「お母さん、お迎えに行かないの？」

「今日は自転車が届く日だったから家にいたの。タクシーをお願いして、学校から乗って帰るよう言ってあるのよ。そろそろ戻る頃ね」

そう言って、茶の間の柱《はしら》に掛かっている時計に目をやって、

「あんたも、佐藤君と遊ぶなら五時には戻るのよ。新車のご披露《ひろう》してきたら？」

舫は幸せを噛《か》みしめながら、新品の自転車で外に出る。出たところでふと思った。

佐藤君の家にこの新車を見せに行く前に、一度思いっ切り走ってみたい。

「気をつけるのよ！」

母の声が背後《はいご》から響《ひび》く中、砂利道を下り始める。

三メートル、七メートル、十五メートル、……加速《かそく》がついて、少しガタピシしながらも新車の性能は良く、走りは滑《なめ》らかだ。

坂を下り切り、左に綺麗《きれい》にカーブして、与田商店のあるアスファルトの四メートル道路に出て、いよいよ加速した。このままスイスイと学校までも、あっさり着いてしまいそう。と、遙《はる》か遠くから、昼間なのにヘッドライトを点けた車が一台、こちらに向かって来る。

（あ、気をつけなくちゃ……）

少しだけブレーキをかけ、減速《げんそく》した。が、車の方はそのままの速度でこちらに迫《せま》って来る。登り坂を加速して進んで来る、黒い一台のタクシー。

（近い！　近すぎる！）

車はまるで正面から走ってくる自転車が見えていないかのように、猛スピードで舫に突っ込んできた。

その瞬間——フラッシュバックするかのように、舫の目に、耳に、入ってきたこと——外で、佐藤君や文ちゃんと愉《たの》しく過ごしている舫を、二階の部屋の窓からそうっと見つめ、ふうっと大きなため息をつく舷の姿。

「僕には一生乗れないや」

と呟《つぶや》く姿。

そしてはね飛ばされて宙《ちゅう》に浮き、目に入ったタクシーの黒い車体、運転手の驚《おどろ》く顔——後部座席の窓に見える、舷の能面《のうめん》のような顔。

その兄の顔を飛ばされていきながら見つめ、目が合った。憂《うれ》いのある黒い瞳《ひとみ》。

やっぱり舷は、悲しんでいる。

私は舷を放って一人で進んで行く、思いやりのない妹。

私は何もわかっていなかった。

舷の本当の痛み、苦しみ、悲しみを。

だって私は普通に手足が動くじゃない。

自転車、自由に乗れるじゃない。

それができない人の気持ちを、わかったつもりになって、実はわかっていなかった。

舷《げん》の黒い瞳の部分が、舫《もやい》の目の前で黒く、大きく広がり、その闇《やみ》に包み込まれていく。

(舷、まごころが足りなくて、ごめんね)

そう思いながら、舫は目を閉じた。

再びの冬

「……舫……もやい……目をあけて……」
どこか遠くの、深い静寂《しじま》の奥から引き出される。
まだ、ここにいたいのに……
ここは、安らかで心地良いのに……
何故、私を呼んでるの？
強い力で、私を呼び戻そうとしている……
あなたは、誰？　この強い力《ちから》は何の力《ちから》？
誰《だれ》かが頬《ほお》を叩《たた》く。誰？……

パッと目を開けると、舷《げん》の顔があった。

舷の瞳——黒い瞳。

溢《あふ》れた涙でぐちゃぐちゃの舷の顔。

でもそこに憂《うれ》いはない。何も言わずに舷は涙顔で頷《うなず》くだけ……私は……私はどうしたのだろう?………そうだ!

自転車! 青い自転車で事故に遭《あ》って……光《ひか》る二つの目のようなヘッドライトが……でもその前は……嬉しそうなお母さん……新しい自転車と佐藤君……二匹のドーベルマン……夏には入院してたよね……拝んでくれたお婆さん……中田くん……消えてしまった小山さん……鉄の階段、アパート、文ちゃんに与田のおばあちゃん……そして、長靴《ながぐつ》履《は》いたお父さんと、与田商店の前で……雪の降った日に。

ふと我《われ》に返ると、白い病室……

あれ、舷がいない。

さっきあんなに泣いてたのにね。

目だけを動かして横を見ると、扉《とびら》が開いている。反対側の窓を見た。霙《みぞれ》混じりの牡丹雪《ぼたんゆき》が静かに降っている。

初めて越《こ》してきた、あの日と同じ、底冷《そこび》えのする冬の日。
覚醒《かくせい》――これが真実《ほんとう》の……

外の廊下《ろうか》が、ガヤガヤと騒《さわ》がしくなって、みんなが駆け込んできた。汀《みぎわ》が弾《はず》んだ声で、

「おうおう、良いこっちゃ、舫、わしがわかるか?」

「舫ちゃん、お母さんよ、わかる? わかるのね……しっかりして!」

そして舷が後ろから、

「舫、舫、わかるかい? 良かった……やったぁ、本当に良かったァ……」

医師が入ってきて、舫につながれた機器《きき》のモニターを見ながら、

「ああ、これは……良い傾向《けいこう》です」

そして、舫の顔を覗《のぞ》き込んで、

「舫ちゃん、目が覚めたね。良かったねー」

涙を拭《ぬぐ》いながら、日奈子《ひなこ》が、

「先生、こんなに長い間眠ったままでしたが、まだこの先大丈夫なんでしょうか?」

先生は母親の焦《あせ》る気持ちを諭《さと》すように優しく、

「ゆっくり身体機能《しんたいきのう》を回復させていきますからね。大丈夫、意識が戻りさえすればこちらのものです。お元気になられますよ」

みんなのやりとりを聞いていて、自分が事故に遭《あ》い、助かったことはわかった。

でも、私はどうなってしまったんだろう？

ここは、どこなのかな？

何だか全てが混沌《こんとん》として、解《わか》っているようでわからない。覚えているようで、自信がない。

汀がそばに来た。涙声で、

「ごめんなぁ、舫。わしがあん時連れ出さなんだら、こんなに長いこと、眠っとらんで良かったのになぁ」

頭をなでられながら、言われていることの意味が最初はわからなかった。

（お母さん、どこ？）と目だけキョロキョロ動かして探《さが》す。すると日奈子は気がついて、

「舫ちゃん、私はここよ。わかる？　わかるのね。お父さんと出かけたでしょ。雪で滑《すべ》った車が飛んできて、舫ちゃんにぶつかって、今まで眠ってたの。良かったね。気がついて。あとは少しずつ元気になろう、ね」

初めて越してきた日、汀と出掛けて、与田商店の近くで滑《すべ》って飛んできた車に撥《は》ねられた

舫は、ほぼ一年意識不明《いしきふめい》の状態だったのだ。

そしてあのとき、拗《す》ねて捨《す》て台詞《ぜりふ》を吐《は》いた舷は、本当は妹が自分を思いやって傷つけないように気遣《きづか》ってくれていることを解っていた。

まさか、父、汀と出かけて自分の身代《みが》わりのように舫が事故に巻《ま》き込まれようとは夢にも思わなかった。舷は、この事態に驚《おどろ》き、深く後悔《こうかい》し、それ以来人が変わったように毎日舫の様子を見守り付《つ》き添《そ》っていたのだった。

舫が一年ぶりに目覚めたこの日も、霙《みぞれ》が降《ふ》っていた。汀も日奈子もそして舷も、今度こそ新しい一歩を踏《ふ》み出せると思える、そんな希望に満ちた冬の日であった。

そして、まごころ

本当の目覚めから一ヶ月が過ぎ、舫《もやい》の体調は、ほとんど元に戻っている。体力の回復をあと一歩完全なものにして退院を待つばかりだ。

春からは、一年遅れで学校に通うこととなるが、いきなり五年生となるため、四年生の勉強を課外授業《かがいじゅぎょう》で何とか補《おぎな》わなければならない。しかも転居《てんきょ》した直後から入院していたので、周りのことは何一つ知らない状態から新生活を始めなければならず、これからの事態に気づいた日奈子が病院に少しずつ教科書を持ち込み、舫は追いつけるように補習《ほしゅう》を始めている。

舷《げん》はすっかり人格《じんかく》が変化して、温厚《おんこう》でしっかりした優しい兄に変わっている。

あの舫の事故の日以降、舷は自分の足のことなど意《い》に介《かい》さず、積極的に学校へも通い、普通の小学生としての日常を送ることができるようになっていた。そうして今や自転車すらも乗りこなせているのだった。

まるで、あの佐藤君のようだ。幻想《げんそう》の中の、佐藤君という友達が、白い孤立《こりつ》した世界にいるかのようだった舷と入れ替わって現れたのかもしれない。

そして成り行きがわかった今、舫《もやい》は眠っていた間の世界でのあれらの体験は、すべて幻《まぼろし》だったのかとがっかりしたのだが、最近ではまだわからないぞ、という気がしている。

春になって、新しい生活のなかにあの人々は現実となって現れるかもしれない。

そして、小山さん親子も、つきそいのお婆さんも、大好きな佐藤君も、与えたり、与えられたりして、舫にまごころを残してくれたのだ。

まごころのある生き方。

そういえば、父の汀《みぎわ》は教えてくれた。

「舫《もやい》、いう名はな、船と船をつなぐ意味でな、その綱《つな》のことでもあるんや。みんなと仲良う、つながりを持ってな……心を大事にな」

人と人とをまごころでつなぐこと。

それが、人それぞれの生きる道を豊《ゆた》かにするのだろう。

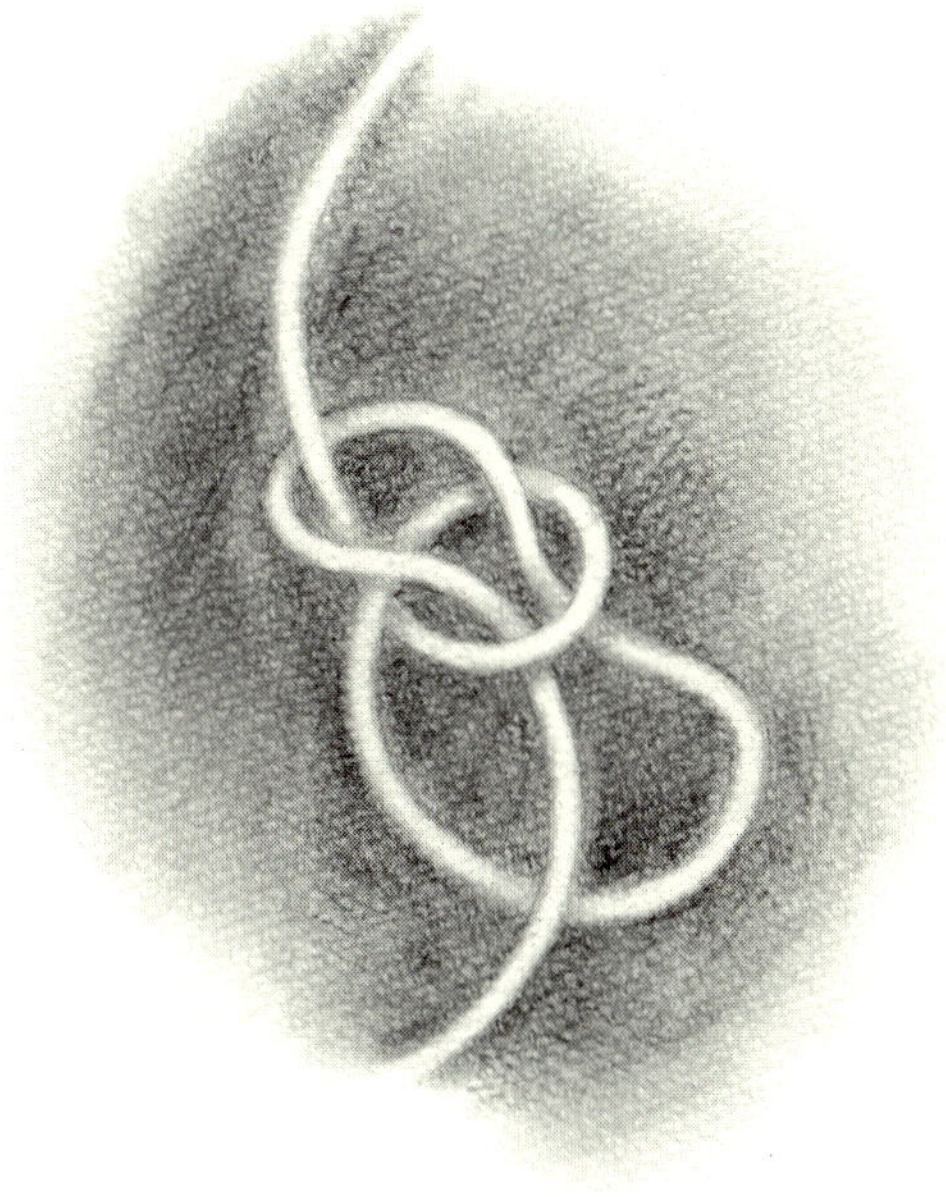

「舫、僕のせいでごめんな」

「ううん、私の方こそ、お兄ちゃん、ずっと辛《つら》かったのに……私ね、眠っている間にいろいろな体験していたの。いろんな人に会ってその人たちがねぇ、教えてくれた気がするの。なかなか教えてもらえない大事なことを。それを知るために夢の世界にいたんだと思ってるの」

「そうかぁ……不思議だね……」

「ねぇお兄ちゃん、退院したら自転車、乗り方教えてくれる？」

「もちろんだよ。あれはねぇ、肩や手に力《ちから》が入ってると腕《うで》がじゃましちゃうから、力を抜いてサドルを挟《はさ》むことで安定させるんだ……」

どこかで聞いたセリフだなぁと舫は思う。

でもきっと佐藤君は二度と現れないだろう。

なぜだか舫は、それでいい、と思った。

了

じゅういちや ともよ

神奈川県出身。国立音楽大学ピアノ科卒。音楽家。ピアノ教師。同時に数々の児童、女声、混声合唱団の指導をしながらミュージカルを多数制作。シノプシス、台本、衣装、舞台音楽など総合制作し、地域の青少年施設等で上演し好評を博す。2005年からシンガポール在住。作家、翻訳家であるふみ子デイヴィスとの出会いを機に、過去の創作活動歴を活かした童話創作に目覚める。著書に『ミニシアター　最後の星』『虹色峠』『時の鐘』（未知谷）がある。

まごころ

2018年6月15日初版印刷
2018年6月25日初版発行

著者　十一谷朋代
絵　長野順子
発行者　飯島徹
発行所　未知谷
東京都千代田区神田猿楽町2丁目5-9　〒101-0064
Tel. 03-5281-3751 / Fax. 03-5281-3752
［振替］　00130-4-653627
組版　柏木薫
印刷所　ディグ
製本所　難波製本

Publisher Michitani Co. Ltd., Tokyo
Printed in Japan
ISBN978-4-89642-556-7　C0093

十一谷朋代 作
長野順子 絵

時の鐘

きびしいお母さん、いそがしいお母さん
お互いになやむ２組の
７歳の女の子たちが出会う
夏の小さな奇跡の物語

巴（ともえ）と順（じゅん）
２人ははとこ同士
おばあちゃんたちには秘密
こっそり訪れた教会で
不思議な鐘の音が鳴りひびく

ディーンゴーン！　ディーンゴーン！

あらわれたのは
微笑みを浮かべたシスター
教えてくれたのは……？

148頁　1600円